U0024768

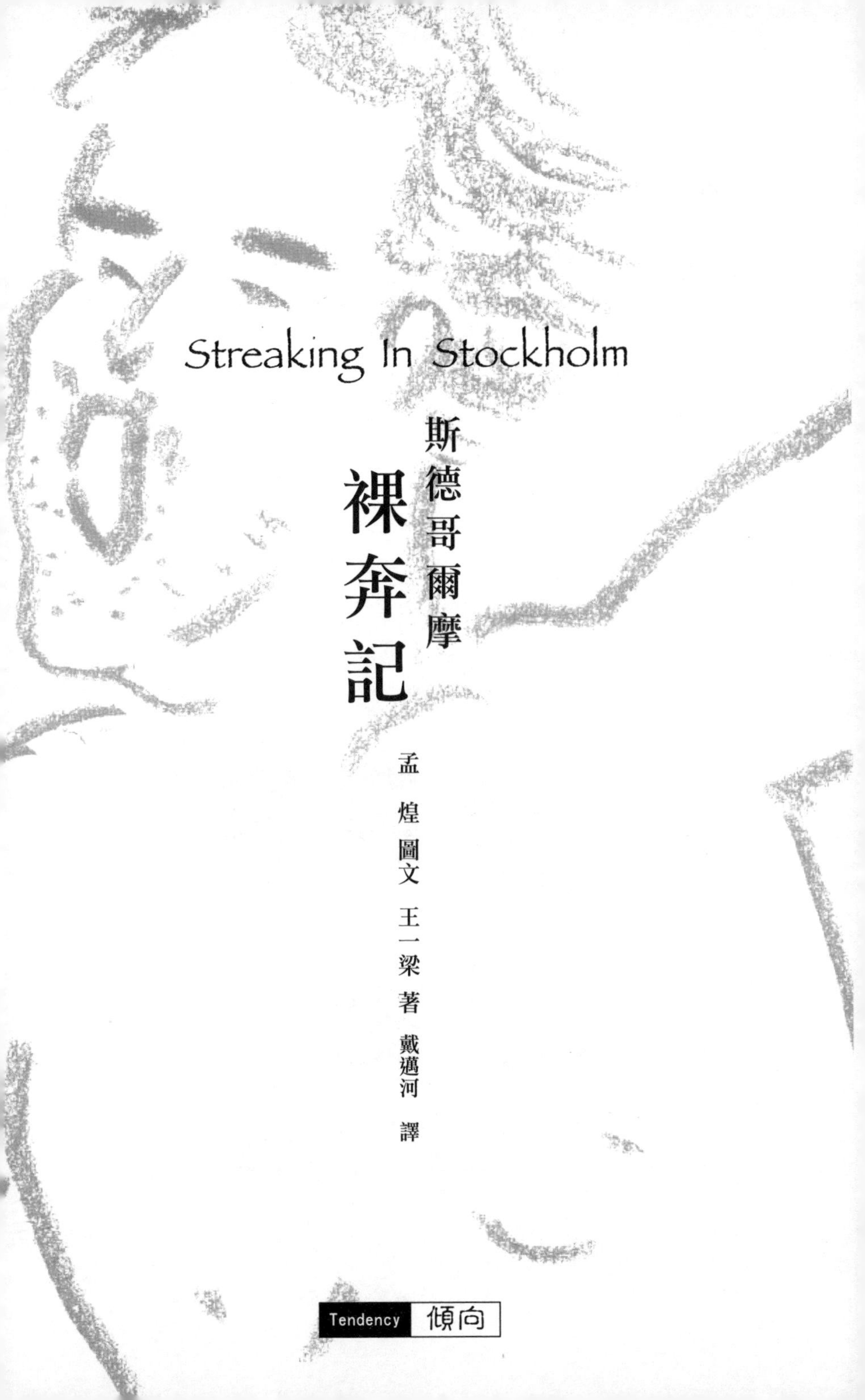

Streaking In Stockholm

斯德哥爾摩裸奔記

孟煌 圖文
王一梁 著
戴邁河 譯

Tendency 傾向

國家圖書館出版品預行編目資料

斯德哥爾摩裸奔記／孟煌 王一梁 著
－初版－臺北市：心靈工坊文化事業股份有限公司 2022. 02〔民 111〕
面 14×21 公分；（Caring ; 101）
ISBN：9789863572305（平裝）
855　　110022354

中英對照

斯德哥爾摩裸奔記 Streaking In Stockholm

發 行 人　王浩威
總 編 輯　徐嘉俊
作　　者　孟煌　王一梁
繪 畫 者　孟煌（插圖：孟煌 椅子 / 油畫）
圖文譯者　戴邁河（Michael Day）
編　　者　貝嶺
責　　編　張萍　黃心宜
封面設計　林芸　蔡宛珊
排版設計　林芸
校　　對　懷昭　貝嶺　張萍
出 版 者　**心靈工坊文化事業股份有限公司**
通訊地址：106 台北市信義路四段 53 巷 8 號 2 樓
郵政劃撥：19546215
戶 名：心靈工坊文化事業股份有限公司
電 話：+886-2-2702-9186　傳 真：+886-2-2702-9286
Email：service@psygarden.com.tw　網址：www.psygarden.com.tw

心靈工坊官網

Facebook粉絲專頁

傾向出版社
台灣地址：新北市烏來區新烏路五段 22 號 4 樓
電 話：+886- 2-2661-7292　E-mail：penchinese@hotmail.com
匯款帳號：郵局帳號 0002779-0010181

Facebook粉絲專頁

總 經 銷　**大和書報圖書股份有限公司**
通訊地址：242 新北市新莊區五工五路 2 號
電 話：+886-2-8990-2588　傳 真：+886-2-22901658

初版一刷　2022 年 2 月
定　　價　NT.350 / $20

CONTANTS

目 錄

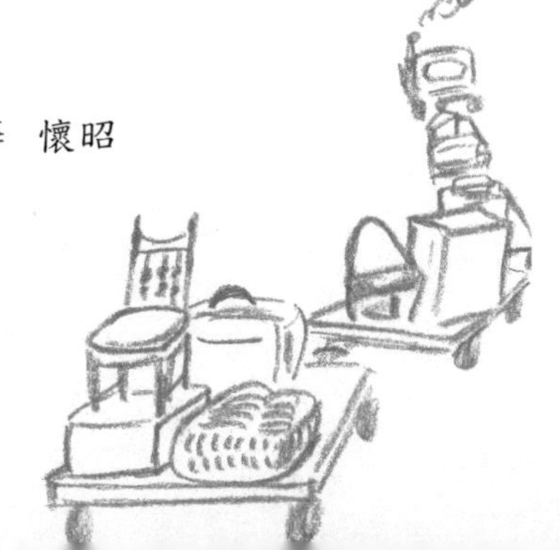

在雪地裡（代序）

這是一本以諧趣圖畫和輕鬆故事呈現「天下裸奔」[1]的書，在中國，以赤裸之身面質、挑戰固有價值觀，可遠溯魏晉南北朝，最有名的是嗜酒、縱酒放誕，反抗禮法的劉伶。

《世說新語．任誕篇》如此記載：

劉伶恆縱酒放達，或脫衣裸形在屋中，人見譏之。伶曰：「我以天地為棟宇，屋室為褌衣，諸君為何入我褌中？

2012 年至 2015 年，，在斯德哥爾摩音樂廳諾貝爾頒獎典禮日連續四年的裸奔，也是一場面質。

「不義的年代，健忘的世界。我，孟煌，手無寸鐵，我裸奔。」

中國藝術家孟煌是劉曉波生前友好，2010 年 10 月，諾貝爾和平獎頒給了中國異議知識分子劉曉波，他因推動《零八憲章》簽名運動被判處十一年刑期，人在中國東北的錦州監獄坐牢，無法領獎。劉曉波妻子劉霞，因獄中的劉曉波獲獎而被軟禁在北京的家中，亦無法代表獄中的丈夫前往挪威首都奧斯陸領獎，挪威的諾貝爾和平獎頒獎典禮，以空椅子替代缺席的劉曉波。

旅居柏林的孟煌，突發奇想，從柏林以 DHL 空運郵寄了一把椅子給關在中國錦州監獄的劉曉波。

椅子下落不明。

2012 年 10 月，諾貝爾文學獎頒給了中國小說家莫言，孟煌從柏林再寄一把椅子到瑞典斯德哥爾摩的瑞典文學院，望轉給 12 月前來領獎的莫言，請他帶回中國交給囚禁中的劉曉波。

椅子也下落不明。

而後，便有了裸奔這一施行四年的行動藝術。

---

❶「只有前行，天下裸奔」網站，共有四個單元：觀天下、裸奔漢、只有前行、囚者與妻。內容以 2010 年諾貝爾和平獎頒獎典禮上的「空椅子」為主畫面，紀錄 2013 年孟煌、貝嶺、廖亦武、王一梁四位作家、藝術家為營救劉曉波、劉霞裸奔的相關照片與過程，乃記錄這場史無前例的裸奔最為詳實的網站。

網址：https://tianxialuoben.wixsite.com/tian-xia-luo-ben/current

2012 年 12 月 10 日，國際人權日，斯德哥爾摩音樂廳（Konserthuset）外，孟煌首次與諾貝爾頒獎典禮同步裸奔。

2013 年，為營救劉曉波以及被軟禁在北京家中的妻子劉霞，廖亦武、貝嶺、王一梁三位作家加入裸奔行列，和孟煌開始籌備第二場「裸奔」，冀望喚起世人對劉曉波與劉霞的關注。

2013 年 12 月 10 是諾貝爾頒獎典禮日，也是國際人權日，頒獎典禮和行動藝術抗議同步。廖亦武、貝嶺、王一梁、孟煌，裸身奔向斯德哥爾摩音樂廳，在頒獎典禮場外高呼：「劉曉波！劉霞！中國！自由！」在全球逾百家媒體記者攝像機閃光燈下，他們被數十名瑞典警察撲倒、捆綁、手銬、裝入塑膠袋、押入警車，逮捕關押。

2013 年後，連續二年，同時同地，孟煌再度隻身裸奔。

從 2012 至 2015 年，孟煌裸奔了四次，並從 2013 年起以圖文記錄過程，一共畫了三年，每次歷時三個多月，共費七個半月。創作方式是先有圖再有文字。孟煌一直都有畫素描的習慣，他認為，以炭筆素描，繪畫語言較直接、樸實，與裸奔的本質接近也更徹底。用素描意在以幽默，調侃中西方國家的權勢，亦調侃口惠而實不至的民主人士、政治家。

另一個裸奔者王一梁，「一個遊蕩在極端嚴肅和狂喜間的作家」及其他作者，則以散文描述 2012 至 2015 年間的抗議裸奔——它穿越記憶裡政治犯的苦難，展示人生中的瘋狂與荒誕。

2013 年 12 月 10 日當夜至次年 1 月，瑞典文化界就這一由國際知名作家領銜的裸奔事件，在電視台、報紙和網路媒體展開了熱烈的討論和激烈的論戰。作為諾貝爾文學獎評審機構的瑞典文學院，雖沉默，可已難置身事外。瑞典文學院中唯一的漢學家馬悅然院士更成為討論焦點，似乎他得出面解釋為何將 2012 年的諾貝爾文學獎頒給中國小說家莫言？他頻上媒體，除了為莫言辯護，更多的是對作家藝術家裸奔的嘲弄。這院士親上火線之舉，亦顛覆了瑞典文學院不對諾貝爾文學獎評審過程予以說明的傳統。

這一文化論戰的參與者多是瑞典筆會會員，在瑞典筆會的介入下，流亡作家、德國書業和平獎得主廖亦武受邀參觀了瑞典文學院圖書館，館方甚至向廖亦武展示了已譯成德文、英文、瑞典文，並已擺放在瑞典文學院圖書館展示架上他的四本著作，似乎暗示，他也是諾貝爾文學獎被提名人之一。

最具歷史意義的進展是，由於裸奔者之一的貝嶺時任獨立中文筆會會長，而獄中的劉曉波是獨立中文筆會前會長，影響力強大的瑞典筆會促使瑞典文學院作出了其歷史上首次，也是唯一一次的重大政治表態，由獨立中文筆會會長貝嶺和瑞典文學院兩位代表性院士，瑞典文學院常務秘書彼特·英格隆德（Peter Englund）和諾貝爾文學獎評選委員會主席、國際筆會榮譽會長佩爾·韋斯特伯格（Per Wastberg）聯名發表公開信〈我們為劉霞呼籲〉，並以中文、英文、德文、瑞典文四種語言在各國最有影響力報紙發表，就劉曉波的被囚導致劉霞被軟禁的遭遇，要求中國政府給予劉霞自由。

這是裸奔事件獲得的最大政治效應。

2017 年 7 月 13 日，劉曉波罹患肝癌，病逝於瀋陽第一醫院。

2018 年 7 月 11 日，被軟禁在北京家中多年的劉霞，在中國政府允許下，持中國護照前往德國柏林定居。

2021 年 1 月 4 日，王一梁罹患食道癌，病逝於泰國美賽。

「斯德哥爾摩的冬天，不是雪、就是雨，從沒見到過陽光。」

這是王一梁當年在斯德哥爾摩所見情景。

斯人斯情斯景。

多年過去，雪地上曾經落下的赤裸腳印早已消融，而斯德哥爾摩的雨和雪，仍繼續下著。

人生，竟只是驚鴻一瞥。

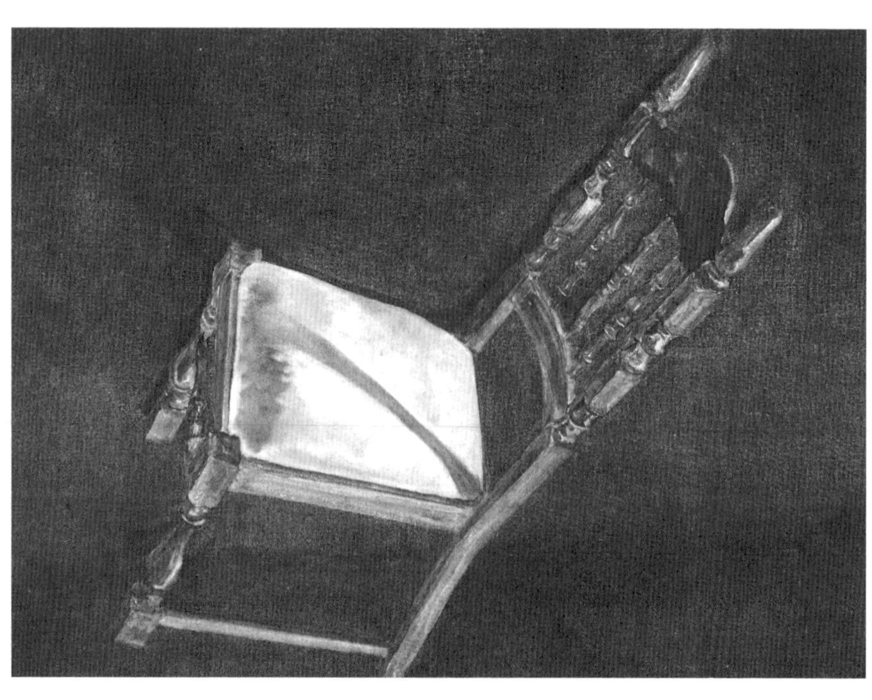

I

Streaking In Stockholm

裸奔記

孟煌 圖文

第一部
A glittering light

2013年
光芒四射

2010 年，正在坐牢的劉曉波得知
自己獲得了諾貝爾和平獎，悲喜交集。

In 2010, when the imprisoned Liu Xiaobo received the news that he had won the Nobel Peace Prize, he had mixed feeling of sadness and happiness.

可是在奧斯陸的頒獎晚會上，劉曉波並沒有出場，
代替他的是一把空椅子。

Meanwhile in Oslo, at the ceremony for the prize, instead of being present to receive it, Liu Xiaobo was represented by an empty chair.

劉曉波有幾大特點，
愛抽菸、愛看書、愛侃大山，還有就是天生的說話磕巴。

Liu has a few notable characteristics: he loves to smoke; he loves books; he loves to talk about his dreams, ideas, and various big topics; and he was born with a stammer.

1980 年代，劉曉波被稱為文壇上的一匹黑馬。

In the 1980s, he was characterized as rambunctious dark horse in the field of literature.

1989 年，劉曉波從美國回到中國，參加了天安門民主運動，
從此走上進出監獄的道路。

Returning to China from a brief stay in the US in 1989, Liu joined in the democracy movement on Tiananmen Square, and with this his journey in and out of prison began.

老劉因為參與《零八憲章》的撰寫與聯署簽名，
招致了十一年的牢獄之災。

Due to his involvement in the writing of and the petition gathering for "*Charter 08*", Liu was sentenced to eleven years' imprisonment in 2009.

荒唐的是，曉波的妻子劉霞，
也因此受到牽連，在家軟禁已有三年。

The absurdity of it all was that his wife, Liu Xia, was also punished as a result of the charges against Liu, as she has been under close house arrest since his imprisonment.

這個時候，有個叫孟煌的藝術家突發奇想，
做了一把空椅子，從柏林用 DHL 寄給關押劉曉波的錦州監獄。
據說寄走之前，還在柏林的奧斯陸大街遊行了一圈。

One day an idea came into the head of the artist Meng Huang – and he made an "empty" chair and sent it by DHL to the imprisoned Liu Xiaobo in Jinzhou Prison. Rumor has it that before it was sent, the chair was taken out for a tour of Oslo Street in Berlin.

誰承想，這把椅子進了中國就沒有了音訊。

However, to the surprise of the artist, the chair went missing after entering China.

到了 2012 年，中國作協副主席莫言
獲得諾貝爾文學獎，在接受記者採訪時，
他說：「我希望劉曉波盡快地、健康地出獄。」

In 2012, Mo Yan, a vice-president of the state-sponsored Chinese Writers Association, said in an interview after receiving the Nobel Prize for Literature: "I hope Liu Xiaobo is quickly and healthily released from prison."

淳樸的孟煌信以為真，想了一個辦法，再寄一把椅子，
這次寄到瑞典文學院，請瑞典文學院轉給莫言，
由莫言帶回中國轉交劉曉波。

Unsophisticated as he was, Meng Huang, believing the words of Mo Yan, had yet another idea: "I shall send another chair, this time to the Swedish Academy, then ask them to pass it on to Mo Yan, who might later take the chair to China, and eventually to Liu Xiaobo."

沒想到為了孟煌這個作品，
德國電視台還拍攝了整個郵寄過程

What the artist hadn't expected was that Das Erste (First German Television) would film the whole process of how this second "empty" chair was posted.

碰巧孟煌在 skype 上遇到了王力雄[1]，

雄哥擔心這把椅子又丟了，催促孟煌親自去瑞典。

When Meng Huang coincidentally encountered Wang Lixiong on Skype, Wang argued that the artist should go to Sweden in person, in case the chair went missing a second time.

---

❶指王力雄，中國異議作家、民族問題專家。1999 年 1 月，王力雄在新疆被「中國國家安全部」以涉嫌洩漏國家機密為由逮捕，關押四十二天後釋放。其成名作政治寓言小說《黃禍》，以「保密」為筆名，1991 年於香港明鏡出版社出版。其代表作還包括《天葬：西藏的命運》、探討新疆問題的著作《我的西域，你的東土》。

雄哥在 1980 年代獨自漂過黃河，
後來又寫了著名的長篇小說《黃禍》，雄哥可是孟煌佩服的人。

In the 1980s, all on his own, Wang Lixiong had drifted down the Yellow River about 1200 kilometers on a raft made of tires. He later wrote the well-known novel *Yellow Peril*, and is someone Meng Huang deeply admires.

這時在歐洲旅行的吳虹飛給孟煌打電話：
「我也要跟你去，自費的呦。」

Then Meng received a phone call from Wu Hongfei, who was travelling around Europe at the time: "I want to go with you to Sweden. I'll pay for myself."

於是又約上了老哥們兒——作家廖亦武，
一同前往斯德哥爾摩。

At this, Meng Huang asked his old friend, the writer Liao Yiwu, to also join him on the trip to Stockholm.

老廖還挺夠意思，推開掙錢的活兒，
和孟煌他們前往斯德哥爾摩。

As a good a friend to Meng Huang as he was, Liao put his paying work aside and went together with Meng and Wu Hongfei to Stockholm.

老廖稱得上老革命，1989 年因寫了長詩《大屠殺》
和拍攝紀錄片《安魂》，坐了四年牢。

Liao Yiwu can be termed a long-term dedicated revolutionary. Because of his 1989 poem "*Massacre*" and a documentary film based on another poem, "*Requiem*", he had been sentenced to four years' imprisonment (1990-1994).

老廖從監獄出來後，丟了工作，頭髮也掉光了，除了賣藝之外，還寫了很多底層訪談。2011 年，他從越南逃到德國定居。

When Liao was finally freed, he had lost his job and all his hair. He had to live as an itinerate performer, besides which he also wrote down and had published many interviews with people who lived low-profile lives in China. In 2011, by way of Vietnam, he fled China for Germany, where he settled.

老廖除了在文學上得過很多獎之外，
他老兄還會做一手好菜。

Not only has Liao received many literary awards, but he's also a great chef.

到了瑞典之後，面對諾貝爾文學院這個
巨大的學術權勢，孟煌很絕望。
幸虧虹飛在一旁獻計：「不行就到旅館門口裸奔。」

Facing the powerful academic authority of the Swedish Academy, Meng Huang fell into despair after they arrived in Sweden. Luckily, at this point, Wu Hongfei suggested: "You can streak outside the hotel, if nothing else."

孟煌突然有了靈感，要裸奔也要到頒獎的音樂廳廣場。

Her words gave Meng Huang inspiration, and he thought: “If I’m to run naked, I’ll at least do it on the square outside the award presentation concert hall.”

老廖書的瑞典出版人叫倫納特，
聽說要裸奔很興奮，自告奮勇去勘察地形，
畢竟在瑞典這個陰鬱的冬天，找點刺激也不太容易。

Liao Yiwu's publisher in Sweden, Lennart, became very excited about the idea of streaking, and volunteered to scout out the square. In dark Swedish winters, it's not easy to get one's kicks.

倫納特很快回到旅館報喜，他還找到了攝影師！
這個十足的「瑞奸」。

Very soon, Lennart returned to the hotel with good news: he’d found a cameraman! What a traitor to Sweden!

老廖給孟煌吹噓：
「你一邊跑，我一邊用拇指琴給你伴奏。」

Liao Yiwu crowed to Meng Huang: “While you’re running, I’ll accompany you on my thumb piano.”

天黑了，在頒獎的斯德哥爾摩音樂廳前，
有一些中國學生在唱電影《紅高粱》的主題曲，
那個電影是莫言寫的劇本。男的用白羊肚布裹著頭，
女的穿紅襖、打紅燈，好氣派。

When night fell, outside the concert hall a group of Chinese students were singing the theme song of the film "*Red Sorghum*", the screenplay of which had been written by Mo Yan. The boys had wrapped white towels around their heads, and the girls were wearing red dresses while holding red lanterns. What a scene!

雪中的警察和音樂廳建築所形成的高級、
傲慢氣氛，這些刺激了孟煌。

The heightened, imposing atmosphere created by the police and the form of the concert hall in the snow further incited Meng Huang.

12 月 10 號下午五點，孟煌在諾貝爾文學獎頒獎的音樂廳前裸奔了三十秒，隨即被警察抓捕。

At 5 pm on the 10th of December, after streaking for thirty seconds through the square in front of the concert hall where the Nobel Prize for Literature was being presented, Meng Huang was pulled to the ground by the police.

孟煌沒聽到老廖的音樂，只感到腦子一片空白，
遠處有個黑洞，夢遊似的向前跑。

While running, Meng Huang hadn't heard the music played by Liao Yiwu, as his mind had gone completely blank. All he'd seen was a black hole in the distance, and he'd run towards it, as if in a dream.

唱歌的中國年輕人想必感到
「中國人民的感情受到了傷害」，嗚嗚……

As to those young Chinese who were singing, Meng's streak must have brought an old, overused phrase into their heads: "You have hurt the feelings of all Chinese!" Boohoo….

孟煌被警察拿下後的一段時間一直喘氣。

After being taken down by the police, Meng Huang was left panting for a while.

直到一個胖女警官一屁股坐在老廖的後腰上，
這才把陪跑的廖大哥搞定。

As to Liao Yiwu, who'd been running beside Meng, he wasn't stopped until a big policewoman sat down on his back.

剛到監獄，警察就說：「六個小時後回家。」

When they arrived at the prison, a policeman told them: “Six hours – then you can go home.”

孟煌在牢房裡還學著革命先烈，
「從窗子到門是七步，從門到窗子還是七步。」
牢房的牆上有很多塗鴉，難道有很多藝術家光臨？

In the detention room, Meng Huang studied his revolutionary predecessors: “Seven paces from the window to the door, and seven paces from the door to the window.” There are much graffiti on the walls, as if many artists had been there before him.

大部分時間孟煌都躺在軟床上，蓋著毛巾被。
警察每隔十五分鐘看一次，身體動一動，警察就走開了。

Most of the time, Meng Huang lay on the soft bed under a blanket. He was visited by the police every fifteen minutes, and when he'd move they'd go away.

午夜時刻，老廖和孟煌被釋放，
孟煌還了獄服，可是獄內褲警察說什麼都不要了，
看來瑞典真是一個富裕的國家。

At midnight, both Liao and Meng Huang were released and wanted to give back all their prison clothes to the police. They accepted all but the prison underpants…. which shows just how rich a country Sweden is.

在監獄門口，老廖說：
「你小子敢不敢在北京人民大會堂前裸跑？」
孟煌想了想，覺得如果那樣很有可能被武警打成篩子。

Outside the police station, Liao Yiwu challenged his friend: "Would you dare to streak before the Great Hall of the People in Beijing?" Meng Huang thought for a while: "I'd probably be turned into a human sieve by the bullets of the military police."

孟煌一脫，立刻成名了，
據說在頒獎的第二天，他的電話被打爆了。

Go naked, get famous. The next day, Meng's phone almost exploded with the volume of incoming calls.

為了裸奔的尊嚴，不是美女不接受採訪。

Out of respect for the streak, only beautiful women were allowed to interview the artist.

回到德國，很多作家、藝術家找到孟煌，
表示為什麼沒有通知他們一起裸奔，
看來「事後諸葛」是全球性的現象。

When he returned to Germany, many writers and artists came to Meng Huang, wondering why he hadn’t asked them to join in the naked run in Stockholm. The phrase “It is easy to be wise after the event” seems to be truly universal.

可是還有一些知識分子，也包括海外的民運人士，
對諾貝爾頒獎典禮時的裸奔提出批評。
嗨，這些人沒有幽默感。

However, there were a few intellectuals, including some overseas democracy activists, who expressed criticism of the naked run during the Nobel ceremony. Seriously, why do they have to be so serious?

老廖告訴孟煌，2009 年諾貝爾文學獎得主
荷塔 · 慕勒說了：「藝術家裸奔是因為憤怒到了極點。」

Liao Yiwu told Meng Huang, the 2009 Nobel laureate for literature Herta Müller had said: “A streaking artist is the result of extreme anger.”

孟煌家來了一些朋友，他們想看看有名的屁股。

Some friends came to visit Meng Huang at his home hoping to get a peek at his famous arse.

老廖和孟煌喝酒，
老廖感歎：「藝術家出名真容易，脫了就行了。」

When Liao Yiwu and Meng Huang were having a drink together, Liao laughed: “It’s so easy for an artist to get famous – all you need to do is take your clothes off.”

孟煌辯解道：「脫容易，但如何脫得藝術就不容易了。
艾未未可不隨便稱讚人呢！」

Meng Huang retorted: "It's easy to be naked, but very hard to do so in an artistic way. Not everybody gets praised by Ai Weiwei!"

2013 年 3 月，老廖和孟煌又去斯德哥爾摩追問椅子的下落。
當晚在一個廣場，老廖朗誦了詩歌《大屠殺》，
孟煌朗讀了給獄中劉曉波的信。

A few months went by. In March 2013, Liao Yiwu and Meng Huang paid another visit to Stockholm in search of the "empty" chair. That night on an open square, Liao recited his poem "*Massacre*" and Meng read out a letter to their imprisoned friend, Liu Xiaobo.

第二天，他們幾個人一起去了
瑞典文學院，斯德哥爾摩的 3 月真冷。
如果裸奔，千萬別在 3 月的瑞典——別說沒提醒呦。

The next day, with a few friends, they went to the Swedish Academy to ask about the chair. Stockholm in March is just too cold. If anyone wants to streak in Sweden, don't do it in March. Don't say I didn't warn you.

瑞典文學院有個長得像狐狸的辦事人員，
他答應椅子修好後交給莫言。

There was a clerk in the Swedish Academy who resembled a fox. He promised the chair would be repaired and then handed over to Mo Yan.

誰知第二天一早，一個沒留姓名、地址的人，到老廖和孟煌住的小旅館，放下椅子就走，這陣勢還真像雷鋒[2]同志。呵呵，就是那把椅子。

But the next morning, a person who didn't leave a name or address, visited the hostel where Liao Yiwu and Meng Huang were staying and left a chair in the dining room before running away. What a selfless hero he seemed! Well, it was that "empty" chair.

[2] 雷鋒是一名因公殉職的士兵。1963 年 3 月 5 日，《人民日報》在第一版刊發毛澤東的題詞「向雷鋒同志學習」，其「為人民服務」的形象，瞬即成為全民學習榜樣。後因官方媒體不斷鼓動「學雷鋒活動」，「雷鋒」在大陸政治語言中成了「好人好事」的代名詞。

孟煌又跑去文學院問個究竟，那個狐狸先生很優雅地說：
「你們昨天來要這把椅子，所以今天派人送給你們了。」
真是大白天說謊。

Meng Huang went to the Swedish Academy again, hoping he could find out the truth this time. He saw the foxlike clerk, who said, in his elegant style: "You came to ask for the chair yesterday, so we sent someone to take it to you today." What a lie!

當天晚上，瑞典文學院的馬悅然院士給孟煌寫郵件，
並挑逗地說：「我建議你準備好兩個熱水袋，表演完了，
好捂熱你的屁股。斯德哥爾摩的冬夜很冷哦。」
這個老青蛙。

That evening, Göran Malmqvist, a member of the Swedish Academy, wrote a provocative email to Meng Huang: "I suggest that you prepare two hot water-bottles to warm your bum after the performance. The weather in Stockholm is rather cold late at night." The old toad.

夏天，孟煌回到北京，在那兒受到藝術家朋友們的鼓勵。

That summer, Meng Huang returned to Beijing and received lots of encouragement from his fellow artists and friends.

孟煌覺得椅子這件作品，還得持續下去。
於是不時在精神上給自己打雞血，鼓舞士氣。

Meng Huang believed he had to keep rocking the empty chair meme. So every now and then, he'd find ways to keep himself motivated.

老廖也沒閒著，他為了年底的裸奔，不停地四處聯繫人。

Like his friend, Liao Yiwu didn't let it lie either. For the coming naked run at the end of 2013, he persisted in trying to find other potential streakers.

12 月初，又要去斯德哥爾摩了，在柏林機場，
老廖對孟煌講：「瑞典酒太貴，我們買酒是 AA 制。」
孟煌不愛喝，他嘟囔：「到喝的時候就變成 A 了。」

Time passed. In early December, Meng Huang and Liao were on their way to Sweden again. At the airport, Liao said to Meng Huang: “Drinking is too expensive in Sweden, so we’ll go Dutch.” Not much of a drinker, Meng Huang mumbled: “We might find ourselves on the streets of Stockholm if we drink too much.”

在候機室見到了從紐約飛來的民運老戰士王軍濤，
從正面看算個美男子，從背後看，
頭髮還是暴露了不少問題，看來搞民主不容易啊。

While waiting to board the plane, they met up with Wang Juntao, a decades' long democracy fighter who had flown in from New York. He's a handsome man when seen from the front, but you can see what a tough task it is to fight for democracy just by taking a look at his hair from the back.

貝嶺和王一梁由紐約先飛到斯德哥爾摩，
老貝還帶了一袋大米，他老兄要在群居的青年旅館給
大家煮飯吃，當然，我們帶菜和酒。

Bei Ling and Wang Yiliang had arrived in Stockholm earlier. Bei Ling had brought a bag of rice and wanted to cook it in the hostel for everyone. Other food and drinks were brought by Meng and Liao.

一梁的腳在美國走壞了，
受感動的老廖給他帶了一雙厚襪子。

Wang Yiliang had injured his foot in the US, and this so moved Liao Yiwu that he'd brought him a pair of thick socks from Berlin.

老貝和一些素不相識的美女們住一個房間，
他懂青年旅館的規矩——有情趣。

In the hostel, Bei Ling shared a room with some beautiful female travelers – he knew the rules of a hostel, he knew the fun of a hostel.

小孫來了，他是當地全程幫我們完成任務的人。
老貝看到老廖帶了很多豬耳朵熟菜，
高興地在旅館廚房給大家做飯。

Little Sun, who lived in Stockholm, came to help them with their mission. Seeing the many cured pig ears brought by Liao Yiwu, Bei Ling happily cooked for everybody in the hostel kitchen.

孟煌開玩笑說，裸奔時警察有權開槍，老貝有點害怕；
一梁喝著啤酒，啥也不管；老廖生氣的說不可能。
真是亂成了一鍋粥。

Meng Huang joked that the police were carrying machine guns when he streaked last time, which scared Bei Ling a bit and made Liao Yiwu very angry, arguing that was impossible. But it had no effect on Wang Yiliang, who simply kept sipping beer from a can. What a mess!

按照原來的設計，12 月 10 日是國際人權日，
我們要租一輛麵包車，哥兒四個在車上脫好衣服衝出去，
直奔當晚斯德哥爾摩音樂廳的諾貝爾獎頒獎典禮。

The first plan they made was that on December 10th, United Nations' Human Rights Day, a van would be booked and the four of them would get undressed inside before storming out into the square, where there were all those police, towards their target, the Nobel ceremony in the concert hall.

緊接著就是四個屁股面對各國電視台的鏡頭，
那才叫「光芒四射」。

Ultimately, they'd present their naked bottoms to the cameras and journalists from all over the world, and create the headline: "A glittering light shot forth from four naked bottoms."

很晚了，大家搞了一次聚餐，預祝明天傍晚裸奔成功。

The feast started really late and everyone toasted the hoped for success of the next evening.

第二天一早，不知為什麼，小孫一定要和一梁辯論，
一梁一直笑而不答，真是自古英雄出少年。

The following morning, without clear cause, Little Sun fell to arguing with Wang Yiliang, during which Wang just smiled, not otherwise responding. Perhaps it's true that all heroes can be seen from a young age.

吃過早飯，兄弟們就開始去諾貝爾獎頒獎的
斯德哥爾摩音樂廳廣場偵察地形。

After breakfast, the streakers went to survey the square in front of the concert hall where the Nobel ceremony was about to be held, to get a better understanding of the situation.

平安無事，大家還拍了合影照。

All went well, and they even took a group photo.

突然，老貝行色匆匆，告訴大家，
裸奔的消息走漏了，廣場上有一個中國女人告訴他的。

But, suddenly, with a harried look, Bei Ling came over and warned the others: “The news about the naked run has been leaked. A Chinese girl on the square told me.”

頓時，氣氛很緊張，大伙兒先派小孫去了解詳情。
孟煌不考慮這個結果，
他一直在找脫衣服的地點，這可是他的作品。

The atmosphere suddenly turned very tense. First they sent out Little Sun to investigate the situation. However, Meng Huang had no time for this dramatic twist. He kept looking for the place he'd take off his clothes. The naked run was a serious work of his art.

一會兒，小孫給老貝電話，讓他快走，
別在廣場久留，看來氣氛挺緊張的。

A short while later, Little Sun phoned Bei Ling, asking him to leave the square as soon as possible. It seemed the situation was getting really serious.

午後回到旅館，竟沒一人吃得下飯，
每個人都很緊張，大戰前夕。

After they returned to the hostel, no one had an appetite for food. Everybody was very nervous, being the night before their assault on the square.

過了三十分鐘，倫納特、孟煌、小孫
再一次去看音樂廳的情況，一梁則在旅館外吸菸。

Half an hour later, Lennart, Meng Huang, and Little Sun returned to the concert hall to check out the situation, while Wang Yiliang stayed with a cigarette outside the hostel.

倫納特回來後說：
「孟煌去年裸奔的地方築起了鐵柵欄，
很高，不容易翻過去，我們必須改變方案。」

Lennart came back and said: “There are iron barricades, very high, erected in the place where Meng Huang streaked last year. It’s not easy to climb those barricades. We have to change our plan.”

大家開始對錶，行動要提前開始了。

Everybody started to coordinate their watches, as the mission was to start earlier than originally planned.

我們決定兵分兩路，孟煌單獨一路，由軍濤照應；
老貝、老廖、一粱一路，由小孫及他的同事帶領，
我們好像是要去犧牲的戰友，擁抱、祝福。

The decision was made that the fellowship would split: with Wang Juntao as his cover, Meng Huang would run into the square along one route; while led by Little Sun and his friend Björn, who'd came to help, Bei Ling, Liao Yiwu, and Wang Yiliang would break into the enclosed area along another. Like soldiers who were about to die, they hugged and wished each other luck.

孟煌從馬路對面的服裝店衝出，從側面跑，
另外一支大部隊從正面的商場衝出，
他們在商場的電梯裡脫好衣服。

First, Meng Huang would storm out of a clothing store on the other side of the street and enter the square from its flank; meanwhile, after having taken their clothes off in the elevator of the shopping mall facing onto the square, the rest of the streakers would rush out and swarm into the square.

哥們兒幾個決定由孟煌先跑，因為孟煌有過一次裸奔經驗，會應付得從容些。把孟煌捕到，以為沒人了，哥兒仨再跑出來，這時就可以在諾貝爾頒獎的音樂廳外的廣場上多耗些時候，風光風光。

After a quick discussion, the decision was made that Meng Huang would be the first to run. He had the experience of the previous year that might help him handle the situation better. And the police, having caught him, might believe there would be no more streakers, which might leave more time and opportunity for the other three, who were to start a bit later on their brave journey across the square outside the concert hall.

由於老廖他們的攝影師太年輕，
緊張的要命，竟提前吹響了裸奔的號角。

However, because the cameraman charged with filming the naked run of Liao Yiwu and the other two, was very young and jumpy, he was too early in issuing the start signal.

老廖衝在最前，他像草原上的小袋鼠，
高高跳起並回頭看了另外兩個小伙伴。

Liao ran to the front, like a little Joey in the Outback, jumping up high and turning his head to glance back at his two companions.

緊接著，老廖差點來個狗吃屎，他白白的屁股在風中飄揚，
看來出名時不要太激動才好。

Then he nearly fell, his white arse waving about in the cold wind, proving the point that one shouldn't get too excited while getting famous.

一梁的腳受傷了，跑在最後，
三個裸男同時出現在音樂廳廣場，確實很壯觀。

With his foot injured, Wang Yiliang stayed on the rear of this little army. When the three naked men appeared on the square at the same time, it was really a spectacular thing for everybody to see.

老廖有一張照片很經典，就是這樣。
孟煌大加讚揚：「有這樣一張照片，把投入的歐元都掙回來了，性價比[3]很高的。」

A classic photo of Liao Yiwu was taken. Meng Huang praised it highly: "This one picture's earned back all the euros you've spent. You made a great investment."

[3] 性價比，Capability/Price ratio，簡稱 C/P 值，即性能和價格的比值。當 C/P 值提高時，實際上指的是性能與價格比值提高。

老廖跑得太快，直接跑到台階上才被皇家衛隊拿下，
要不進入了大廳，還不知如何面對呢！

Because he was so fast, Liao ran across the whole square and reached the stairs up to the concert hall before he was stopped by the Royal Guard. Who knows what would have happened if he'd run into the concert hall?

警察給老廖上了手銬，
他是裸奔兄弟中第一個上警車的。

Liao was handcuffed by the police, becoming the first streaker taken into their van.

老貝和一粱幾乎同時被抓，老貝胸前貼著劉霞的照片，
挺胸的同時，手不忘擋著雞雞。

Bei Ling and Wang Yiliang were caught almost simultaneously. There was a photo of Liu Xia taped to Bei Ling's chest, and he covered his penis while pushing his chest out for the photo to be better seen.

老貝和一梁在外面蹲了幾分鐘，
由於老貝的身上有劉曉波和劉霞的照片，
閃光燈對著他不斷閃。

Both of them were on the square for some time. And, because of the photos of Liu Xia and Liu Xiaobo on his body, Bei Ling became a prime target of the cameras.

一梁和老貝終於在車上了，老貝怕冷，
一梁說：「我們可以相互取暖。」老貝把屁股靠了上去。
貝會長露出了滿意的笑容，好像回到了家。

Finally, Wang Yiliang and Bei Ling were in the van. “I feel cold” said Bei Ling. “We can warm each other,” Wang Yiliang responded, as he moved closer, so that their bottoms touched. President Bei had a satisfied smile, as if feeling at home.

另一路是王軍濤和孟煌，在服裝店裡，軍濤裝著看服裝，
由於緊張，差點把女士的衣褲取下。

On the other side of the square, Wang Juntao and Meng Huang were in the clothing store pretending to be browsing clothes. Wang Juntao became so nervous, he nearly took a set of women’s clothes to the checkout.

終於，倫納特跑過來，小聲說：「孟、孟。」
孟煌立刻就鑽到更衣室裡。

Finally, Lennart ran over and whispered: "Meng, Meng," upon which Meng Huang slipped into a changing room.

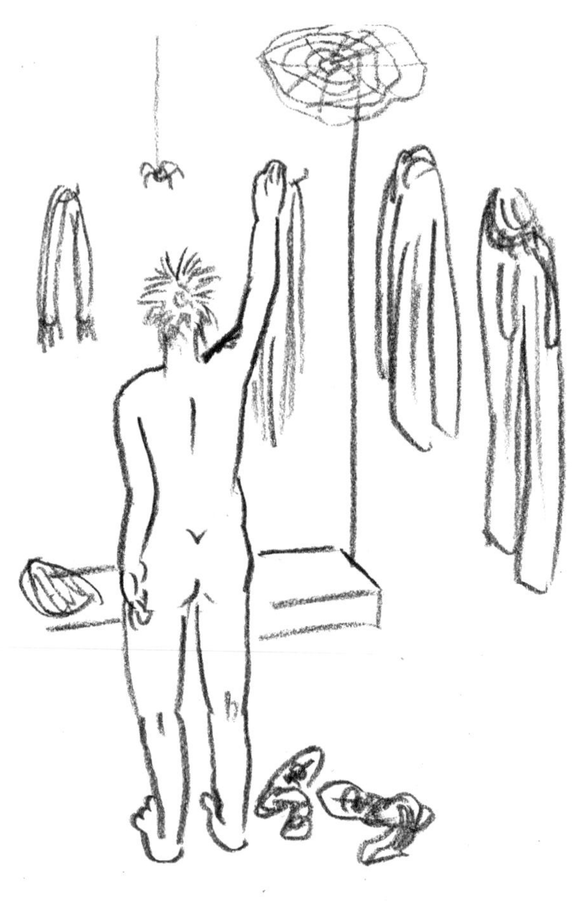

孟煌迅速把衣服都放到衣帽鉤上。
Swiftly, Meng Huang hung up all his clothes on hooks.

可是更衣室門口有一個美女店員站著不動，
一時孟煌不好出去，怕被判成性騷擾，
從而玷汙了作品的純潔性。

However, a beautiful woman was waiting impassively outside the changing room. Meng Huang hesitated, afraid he might be accused of sexual harassment if he ran out – and that would subsequently damage the purity of his art.

終於，美女轉過身，孟煌一個箭步衝出去，
還是把美女嚇了一跳。

Ultimately, the beautiful woman turned away, and like a missile blasting off, Meng Huang thundered out of the changing room, still giving her a fright.

孟煌在穿過馬路時大喊：「劉曉波、劉霞，我來了。」

While crossing the road, Meng Huang bellowed: “I’m coming, Liu Xiaobo, Liu Xia!”

在進入警戒線幾米的地方，孟煌就被拿下，
終於也有了一張和警察的經典照片，
老廖也覺得孟煌的投入夠本了。

After breaking a few meters past the police boundary line, Meng Huang was hauled down, at which point a classic photo of him and a policeman was taken. Liao Yiwu felt this photo had earned back the cost of the trip for Meng Huang, too.

就在這時，作為詩人的貝嶺發現作為黨主席的王軍濤，
居然穿戴整齊給作為藝術家的孟煌拍裸奔呢！

It was at this moment, Bei Ling suddenly discovered the Chairman of a Party, Wang Juntao had been filming Meng Huang's streak.

詩人的正直和憤怒湧上心來，發誓要見證政治家軍濤的失言。

Being a poet, Bei Ling felt a rush of anger and righteousness rising, compelling him to expose the fact that Wang Juntao, as a politician, hadn't keep his word.

可作為藝術家的孟煌沒有這個高度，
直覺得沒花錢就有人給自己的裸奔拍照，挺幸運的。

However, as an artist, Meng Huang wasn't able to understand the righteousness behind Bei Ling's anger, only feeling good about his luck in having someone film his naked run without it costing him any money.

其實在哥幾個裸奔之前，軍濤接到來自設在美國紐約
法拉盛鎮華人社區中的中國民主黨總部的（會議）電話：
「如果你參加這次裸奔，將有可能導致本黨的分裂。」
哇噻！看來所有的黨都挺嚴肅的。

The truth was that just before the streak, Wang Juntao had received a phone call from the head office of his party, the Democracy Party of China, located in Flushing, New York's Chinatown, warning him: "Your participation in the streak may lead to the collapse of the whole party." Wow! How serious every political party seems to be!

不過秘密會議的結果，當時只告訴了老廖。
哇噻！又看來所有的黨對得過獎的人有特殊待遇。

Yet, Wang Juntao had told only Liao Yiwu about the phone call and the decision he had made. Wow! What privileges political parties give to award winners!

老貝對此一直想不通：「都是詩人，那咋就不一樣呢？」
當然這是後話了。

Bei Ling couldn't understand this: "We're both poets – what's the difference?" To explain, we'd need a book or two more.

孟煌在警花的陪同下上了警車。
這很正常，孟煌是藝術家嘛。

Meng Huang was taken to the police van under the escort of a beautiful police officer. This is quite normal, what with Meng Huang being an artist and all.

一上車就聽到笑聲，瞇眼一看，是貝嶺和一梁，
孟煌覺得比去年待遇好，一沒上銬、二可以說話。

There was laughter in the van when Meng Huang entered. He squinted and saw Bei Ling and Wang Yiliang there, then thought: "This is better than last year. Firstly, I'm not handcuffed, and, secondly, I can talk."

孟煌發現有記者在車外拍照，豎起了兩根手指作出 V 字形。
反正閒著也是閒著，擺擺秀多好。

Discovering there were journalists taking photos outside the car, Meng Huang raised his hands and flashed peace signs at the cameras. When you've nothing else to do, best to show off a bit.

不一會兒，孟煌被另一輛警車接走了。
老貝擔心地說：「一梁應該和孟煌一起跑，他英語說得不好。」

After a while, Meng was taken by another police van. Bei Ling became worried and said to Wang Yiliang: “You should go with Meng Huang, his English is not good.”

這時一個警察走過來告訴我們：
「去年你們就裸奔，今年發展到四個人，
以後麻煩不斷，我們的頭兒不高興。」

That was the moment a policeman came to them, saying: “You streaked last year, and this year there’re four of you. Our boss’ll be very unhappy if you keep causing such trouble.”

孟煌到了監獄，兩個警察嘟囔著：
「這個中國人好像去年來過，為什麼今年又裸奔，
難道我們和中國有文化交流項目？」

When Meng Huang arrived at the police station, two policemen muttered: “This Chinese guy was here last year, wasn’t he? Why streak again this year? Is this part of a culture exchange program we have with China?”

一梁最後一個坐上了去監獄的警車，
警官笑著說：「這是我第一次坐在裸男身旁。」
一梁回答：「我也是第一次裸奔。」

Wang Yiliang was the last to get into a car to the police station. A police officer smiled at him: “This is the first time I’ve sat beside a naked man.” And Wang replied: “This is also my first time streaking.”

車到監獄門口，門衛哈哈大笑，大概今晚他看到太多裸體了。

When the car arrived at the police station’s gate, the guard laughed: “Too much nudity for me tonight!”

由於孟煌是「二進宮」，警察給了他一條浴巾外，
還給了他一件毛衣，搭配起來好像傣族的婦女吶。

As it was his second time, besides a towel, Meng Huang also got his own sweater back from the police. The combination of the two made him look like a Thai woman.

老廖進到房間時，大夥兒都笑了，
他老兄身穿一個大號黑色垃圾袋。

Everybody laughed when Liao Yiwu walked into the room, as he was wrapped in a large black garbage bag.

不過大家相當高興，因為四人關在一起不容易，
再有棵聖誕樹就好了。

They were all pretty pleased, since it was quite a surprise to find themselves locked up together, and even better that they had a Christmas tree.

哥們兒四個相互交流著各自的經驗，情不自禁誇大自己的經驗。男人往往就是這樣，還以為別人看不出來呢！

They shared their experiences, bigging them up as they retold them. Men are like this a lot of the time, believing others won’t see through them!

突然，老貝擔心罰款太高，
或者因裸奔而丟了剛當選的獨立中文筆會會長位子。

Suddenly, Bei Ling became very afraid, terrified by the big fine he might have to pay, or the possibility that the streak would cost him his position as the newly elected president of Independent Chinese Pen.

孟煌期盼著上法庭，這樣他就可以成為英雄人物了，
然後畫價也會提升，再有幾個「煤老板」[4] 出點傻錢，
苦肉計就可以成功了，哈哈。

Meng Huang wanted to go to court, where he could then become a hero, which might result in the price of his art going up. If some rich idiots could be tricked into buying his paintings, his masochistic plans might finally have succeeded. What a lark!

[4] 大陸經濟轉型期間，山西等地的中小煤礦主，一夜致富，成為中國最能體現暴富奇蹟的群體。後來這些暴富的中小煤礦又紛紛被國家兼併，成為商海沉浮的縮影。

老廖突然跳起來說：「我們幾個誰最像耶穌？」

All of a sudden, Liao Yiwu jumped up and asked: "Who here looks most like Jesus?"

老貝自認最像，一梁道：
「孟煌最像，因為孟煌是絡腮鬍子，還有就是兩次裸奔。」

Bei Ling believed it was him. Wang Yiliang said: “It should be Meng Huang. He has a beard, and has streaked twice.”

老廖自知光頭無緣耶穌，就改口說：
「我再跑快一些就能見到國王了，
哈哈！一定是各大報紙的頭條，炸了！」

Knowing he wouldn't be considered a candidate in the competition since he has no hair, Liao changed the topic: "I could have seen the king if I'd run a bit faster! That would have made all the headlines! KaBoom!"

老貝突然感到裸奔這個行為能夠超越自己，
他就這麼昇華了。

Bei Ling felt that steaking had taken him beyond his former self, that he’d transcended.

這時大警官來看我們：「哈羅，**麥服潤斯！**」這是個友好的開場白，一梁還以為他會伺候酒飯呢！誰知他說完就走了。

Then a senior police officer came to see them: "Hello, M-Y-F-R-I-E-N-D-S!" A very friendly opening. Wang Yiliang thought food and drinks would soon be served! But the officer then turned away and left.

總有一些獄警有事沒事逛過來看看我們，
我們就像四隻小寵物。

Every now and then, those who worked in the police station would come and take a look at them, treating them like four little pets.

不到六小時，警察給我們拍放行照，
老貝還沒忘手拿劉霞的照片。

Before six hours had passed, the police came to take photos of them, during which Bei Ling didn't forget to hold up a picture of Liu Xia.

孟煌看到監獄給的罰款單，馬上想到可以做成作品，
激動得臉都紅了。

When Meng Huang saw the bill for the fine, it didn't scare him, as it immediately gave him an idea for a project. He became so excited, he flushed.

臨離開監獄時，警察說再見，一粱對警察說：「明年見。」

While they were leaving the prison, a policeman said "See you", to which Wang Yiliang responded: "See you next year."

大家在監獄門口，輪流拍了紀念照。
At the prison gate, they took turns having photos taken.

老貝在街上問路，碰巧有一個美女很耐心地告訴他。
真奇怪，他在街上怎總能碰到美女？這可是老貝的秘密。

Bei Ling went to ask someone the way back to the hostel. Very patiently, a beautiful woman explained it to him. Strange how he always meets beautiful women on the street, apparently a secret known only to Bei Ling.

按照老貝所指方向，我們沒有回到旅館，
而是到了國王和諾貝爾獲獎者吃飯的地方，
好像皇后邀請我們同吃，一梁問是否啤酒無限飲，
孟煌無奈地說吃飯要預約的，拜拜！

Following Bei Ling's instructions, they didn't return to the hostel, but to where the Nobel banquet was held, as if they'd also been invited by the queen. Wang Yiliang wondered if beer was unlimited, and Meng Huang frustratedly replied that a reservation was required. And that was that.

回到小旅館，我們大吃了一番，
酒和菜不一定比皇帝的多，胃口可比他們要好。

They had a big meal in the hostel when they finally returned. Though the food and the drinks might have been less than that of the Nobel banquet, their appetites must have been better than that of any emperor.

第二天上午開記者會，老貝成了一個真正的明星。
面對攝像機，他可都是用正宗的中國英語說的喲！

The next morning, at a press conference, Bei Ling became a real star. Faced with the cameras, what he had said was all said in standard Chinglish.

後來孟煌在老廖的陪同下，扛著椅子又去了一趟瑞典文學院，
為的是重新把這把椅子放在學院裡。

Later, accompanied by Liao Yiwu, Meng Huang paid another visit to the Swedish Academy to take the "empty" chair back to them.

孟煌震驚地發現，椅子上遺留著不少
人類的尿跡，空氣中彷彿散發著淡淡的騷味兒，
它蕩漾在莊嚴、典雅的瑞典文學院。

Meng Huang was shocked to discover urine stains on the chair, and that the smell of it seemed to hover in the air around the solemn and graceful building that housed the Swedish Academy.

2014 年的初夏，孟煌回到北京，
艾未未對孟煌的裸奔大加讚揚，並肯定了這是一件好作品。

In the early summer of 2014, Meng Huang returned to Beijing. Ai Weiwei praised Meng Huang for his naked run, confirming it as a good work of art.

由於得到老艾的欣賞，
孟煌似乎看到未來的希望，
裸奔，還要再來一次嗎？

With Ai Weiwei's admiration, Meng Huang seemed to see hope in the future, as he wondered: "Shall I streak once more?"

第二部

The Streaker's Manifesto — A Space for Willpower

2014 年

裸奔宣言——意志的空間

轉眼到了 2014 年的深秋，
北京的霧霾好像要把人趕到模模糊糊的大褲衩裡。

Before long it was late autumn 2014, and the thick smog of Beijing seemed to be driving people toward a giant pair of fuzzy underpants.

據說 CCTV 這個似大褲衩的建築很爭氣，
裡面好多女主持人和高官上床，不愧是褲衩的故事，
所以這裡的霧霾或許更大。

It's said that the big underpants-shaped CCTV building also gets this moniker because of the many female presenters who've gotten into bed with high officials, possibly making the place even smoggier.

孟煌看著大衛的裸雕，以為裸體和裸體差別很大。

Meng Huang looks at David,he thought his form of nudity was of a very different type.

一有想不明白的事，
孟煌總愛到和中國歷史緊密聯繫的天安門廣場走走。

Whenever he was vexed by a particular problem, Meng Huang would go for a stroll on Tian'anmen Square, a place intimately connected with China's modern history.

突然有幾個唱紅歌的人走來，
猛一看還以為從墳墓裡剛爬出來的呢！

On this particular occasion, a few people singing old communist songs suddenly appeared, as if they'd just climbed out of a tomb.

孟煌驚呆了，無奈的說：「人才呀！」

In total shock, Meng Huang couldn’t help exclaiming: “What talent, eh!?”

唱歌的人走過來深情的說：「毛主席走的太早了！」
The singers came over and soulfully uttered: “Chairman Mao left us too soon!”

唱歌的人們走了幾步，回身對孟煌誇張地揮了揮拳。

They took a few steps, then turned back towards Meng Huang, shaking their fists at him with exaggerated enthusiasm.

孟煌一下子頓悟了：不為什麼，只為裸奔。

He suddenly realized the only good explanation for their behavior towards him was his streaking.

於是 12 月初回到柏林，
攝影家阿里答應去斯德哥爾摩給孟煌拍照。

In early December, Meng Huang returned to Berlin, where the photographer Ali agreed to go to Stockholm and take photos of him.

阿里是柏林影展的攝影師，拍過很多明星呢！

Ali is the lead photographer at of the Berlin Film Festival and has photographed many stars.

接下來孟煌約上老馮[5]去找丹麥老牌藝術家保羅。

Later, Meng Huang met his friend Feng and together they went to see the old school Danish artist, Paul.

---

[5] 老馮，本名馮駿征修，筆名京不特，1965 年生於上海，詩人、小說家及翻譯家，1992 年定居丹麥。著作包含哲學、戲劇、詩、翻譯等。2011 年，其丹麥文詩集《陌生》（*Ukendt*）獲丹麥國家藝術基金會年度文學獎助；2003 年獲瑞典筆會圖霍爾斯基獎（Kurt Tucholsky）；《不幸與幸福》亦曾獲南丹麥大學基金會翻譯獎金，以及瑪格麗特女王和亨利克親王基金會自由獎金。

保羅可是吹過牛的：「下次我們一起去。」

Paul bragged: “Next time, we’ll streak together.”

一進門就看到很多好吃的，孟煌心想：有戲了。

The room was filled with a variety of mouth-watering food and Meng Huang thought to himself: This should be fun.

酒過三巡，保羅膩膩歪歪地說今年去不成了，因為剛動了手術。

After several glasses of wine, Paul revealed that he wouldn't be able to go streaking this year after all as he'd recently had an operation.

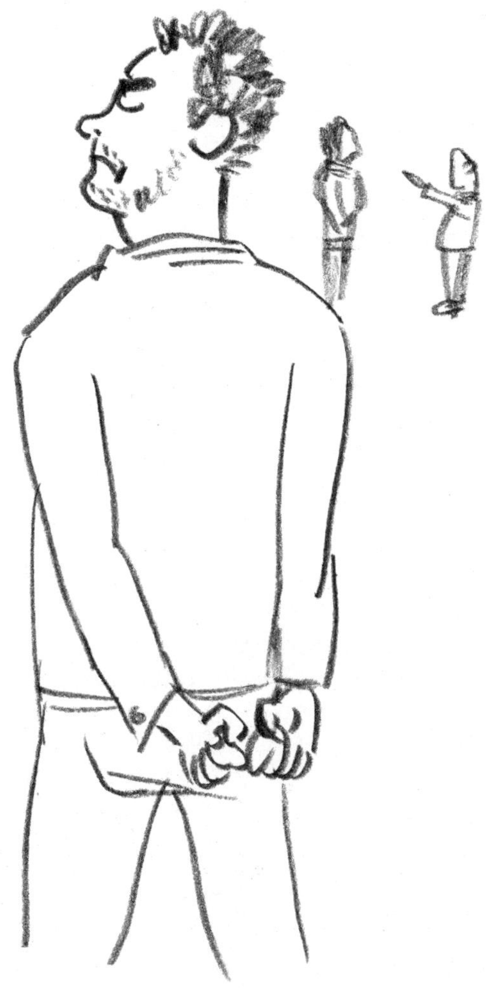

孟煌一驚：「手術？什麼手術？」

Meng Huang was surprised: “Operation? What operation?”

哇，整個雞雞裹滿了紗布。

Wow… his entire penis was bandaged up.

孟煌要看傷口，老馮不高興道：
「人家北歐人特誠實，不像你們中國人⋯⋯」

Meng Huang wanted to see the wound but Feng wasn't too happy about it, saying: "People from Northern Europe are so truthful, unlike you Chinese …"

「哈哈，怕就怕了，何必拿中國人墊底呢？我就是中國人哪！」
“Haha! It you’re afraid, you’re afraid. Why take it out on Chinese people? I’m Chinese!”

2014 年 12 月 9 號上午，阿里和孟煌到了斯德哥爾摩，
在機場和國王、王后的大招貼合了張影。

On the morning of December 9th, 2014, Ali and Meng Huang arrived in Stockholm and took a photo in front of a poster of the King and Queen at the airport.

市中心有個奔跑的雕塑，
阿里調侃道：「這裡以後會換成裸奔的作品。」

There was a sculpture of a runner in the city center, at which Ali commented: “Later they’ll change it to a statue of a streaker!”

孟煌看到一間教堂，
不管信不信就一頭扎進去祈禱了一會兒。

When Meng Huang came across a church, religious or not, he went inside to pray for a while.

阿里找了張桌子，拿出帶來的設備進行測試。

Ali found a table and went about testing all the equipment he had brought.

下午，這哥倆到郊區開始練習如何在奔跑時相互配合。

The two of them spent the afternoon in the suburbs, practicing taking Meng's picture while running.

對於藝術家來說：反抗不是目的，而是要做一個美的反抗者。

For artists, the objective isn’t to rebel, but to become a beautiful rebel.

深夜回到小旅館，啊哈！
原來這裡是瑞典文學院的後門，真是對手無處不相逢啊。

They returned to their little hotel in the middle of the night. Wow! It was at the back gate of the Swedish Literature Institute - it really was a case of meeting your opponent everywhere.

臨睡前，孟煌寫了〈裸奔宣言——意志的空間〉，
他更願意讓別人瞭解他的作品。

Just before going to sleep, Meng Huang wrote "*The Streaker's Manifesto – A Space for Willpower*". He really wanted to make people understand his art.

他寫道：「我必須完成我的作品，因為我是藝術家……」

He wrote: “I must finish my work because I’m an artist…”

第二天上午十點半，有一個年輕記者進入旅館房間。

The next morning at 10:30, a young journalist came to his hotel room.

然後開始談這幾年持續的裸奔：
在這個不美好的世界上，藝術家必須反抗。

They began talking about the streaks of the past couple of years: In this imperfect world, artists have to rebel.

孟煌回答記者的提問：
「裸體就是意味著不保護自己，衝向戒備森嚴的權力。」

Meng Huang answered the journalist's questions: "My nudity signifies an assault on the heavily defended powers that be while completely defenceless oneself."

當然這些話都要靠小孫翻譯，這兩年他成熟了不少。

Of course, he relied on Little Sun to translate all his responses. Over these 2 years, Littl Sun had matured significantly.

中午出門，在皇家廣場遇到準備出發的皇家衛隊。

When they went out at midday, they encountered the Royal Guards about to set off from the square in front of the Royal Palace.

按諾貝爾獎頒獎傳統，國王、王后
要親自給那些獲獎者頒獎，這時候可是國家一級警備。

It is tradition that King and Queen should personally present the Nobel Prizes to the laureates at the award ceremony, so the country was on high alert.

看到這個場景，孟煌的確嚇了一跳，
對手很強大，小夥子都快兩米了。

When he saw the scene on the square, Meng Huang was truly shocked. His opponents were too strong – the young guards were all over six feet tall.

孟煌想起了浪漫主義大師卡斯帕・大衛・弗里德里希[6]
的名畫，頓時勇氣增添不少。

Meng Huang thought of the German Romantic painter, Caspar David Friedrich's famous painting and suddenly felt a surge of courage.

[6] 卡斯帕・大衛・弗里德里希（C aspar David Friedrich,1774-1840），十九世紀德國浪漫主義畫家。寄情於自然，常常使用象徵手法或是反傳統的方式表達對自然的情感。他的畫作雖以浪漫著稱，但在母親和哥哥過世後，其畫作開始出現死亡與憂鬱的主題。

到了音樂廳廣場，四周圍滿了警用鐵柵欄，
頒獎的大廳外彷彿成了犯罪現場。

The police had enclosed the square in front of the Concert Hall with iron railings, and the hall now looked like a crime scene.

現在只能去廣場對面的餐廳看看整個形勢。

All they could do was sit in a café opposite the square and observe the situation.

他們要了三杯咖啡，故作鎮定坐下來。

They ordered three coffees and pretended to sit there calmly.

透過窗戶，看到外面警車來來回回，警察越來越多。

Through the window, they could see police cars driving back and forth. The number of police was increasing by the minute.

警察和便衣不時進入餐廳，看來大家都有點緊張。

Regular police and undercover officers would often enter the café and seemed to make everyone a little nervous.

瑞典美女終於來了，她手裡拿個紙袋子。

Finally, a beautiful Swedish lady arrived with a paper bag for Meng Huang.

孟煌打開袋子，取出雨衣，這是孟煌一會兒要用的道具。

Meng Huang opened the bag and took out a raincoat – he would be needing this in short order.

十六點，這是行動的時間，開始戰鬥了。

At 4pm sharp, the scheduled time, the battle commenced.

在餐廳衛生間裡，孟煌裸體從容地穿上了雨衣，
心裡直感謝瑞典姑娘身材高大。

Meng Huang calmly went to the bathroom of the café and changed into nothing but the raincoat. How lucky he was that the Swedish lady was so tall!

他把鞋帶鬆開，就這樣拖拉拖拉地走過咖啡館大廳。

With shoelaces undone, he shuffled through the café.

每次都一樣，神經繃得緊緊的，就好像上了刑場。

As each time previously, he felt on edge, as if he was on the way to his own execution.

出了咖啡館，看到對面警察在忙著指揮交通，哇啦哇啦的。

As he came out of the café, he saw a policeman standing on the opposite side of the road, shouting as he directed the traffic.

孟煌慢慢轉過身，背對著大街，把腳從鞋裡慢慢拿出來，站好。

Meng Huang slowly turned around so his back was turned to the boulevard and carefully lifted his feet out of his shoes. Ready…. Set….

就在他再次轉身時，雨衣已被他拋向空中，
同時甩開膀子跑了起來。

Go! He turned, threw the raincoat up in the air and began to sprint.

世界不存在了，他也不存在了。
孟煌好像進入一個永恆的黑夜，只有一個意識，跑、跑、跑。

The world didn't exist anymore and neither did he. It was as if Meng Huang had entered into an eternal night – he had only a single thought: Run, run, run!

風雨中，黑暗裡，孟煌迅速闖過兩道崗，
同時警察已從左右兩邊包圍過來了。

Meng Huang charged past two guard posts as he ran through the rainy, windswept darkness. Police were already arriving from all directions, surrounding him within seconds.

音樂廳的台階就在眼前，地滑，孟煌差點摔倒。

The surface was so slick that he nearly slipped and fell just as he arrived at the steps leading up to the Concert Hall.

就在這個緊要關頭，皇家衛隊已經從正面衝過來，
再想從側面突擊已經太晚了。

It was at that crucial moment, the royal guard rushed towards him. It was already too late surprise them from their flank.

有兩個警察同時抓著孟煌的胳膊。
Two police simultaneously grabbed Meng Huang by each naked arm.

黑暗中，孟煌本能的大喊：自由！自由！

Instinctively, Meng Huang shouted into the darkness: Freedom! Freedom!

瑞典的警察了得，很快就把他帶離現場。

Those cunning Swedish police quickly removed him from the square.

這時孟煌才醒過來，阿里快拍呀，拍張好照片再走也不遲呀！

At this, Meng's head cleared – Quick, take a picture, Ali, it's not too late for a good one.

孟煌稀里糊塗坐到警車後座上，
警察隊長怒吼道：「你的朋友呢？在那裡？」

Not sure what was happening, Meng Huang was seated in the back of a police car.
The squad chief yelled: “What about your friends? Where are they?”

「你說那五十個人嗎？」孟煌大笑，這時他已經徹底放鬆了。

"Do you mean the fifty others?" Meng Huang laughed. He was now completely relaxed.

去年王軍濤說要五十個人來斯德哥爾摩裸奔。
「哈哈，政治家不可信啊！」

The previous year, Wang Juntao had said that he wanted fifty people to come to Stockholm to participate in the streak. “Ha! Politicians are unreliable!”

「這是政治家說的嗎？」老警察一臉沮喪。

“Is that what the politicians said?” the policeman said, clearly dismayed.

孟煌趕緊解釋：「人家可是追求民主的政治家！
是不是文學院那個懂漢語的老院士給你們透露的消息？」

Meng Huang quickly explained: "They're all politicians seeking democracy. Didn't that Royal Academy member who speaks Chinese tell you?"

警察並不回答，臉上紅一陣、白一會兒。

The policeman didn't reply. His face went from shades of red to white.

「本來政治家和文學家都不靠譜，唯有藝術家誠信。」

“Politicians and litterateurs can’t be trusted, it’s only artists who are truly sincere.”

車外，小孫把孟煌的衣服交給警察，
警察說：「我們的老大很不高興，你們這一年一年的裸奔。」

Outside the car, Little Sun was giving the police Meng Huang's clothes. One of them said: "Our boss is very unhappy about your annual streaking".

過了一些時候，不見另外五十個中國裸奔者。
老警察說：「藝術家比他們可愛，開車吧。」

They waited for a time, but there were no fifty naked Chinese runners to be seen.
The police officer said: “An artist is more lovable than them. Let’s go!”

在進入市警局的隧道時，孟煌發現兩邊的牆上都是藝術品。

As they entered the underground passage to the police station, Meng Huang realised there were paintings on both walls.

例行公事，登記、指認衣物。

He went through the same formalities as always, signed his name and identified his clothes.

孟煌被安排到一號牢房，
這時他心裡彷彿有一隻會跳舞的大鳥。

Meng Huang was assigned prison cell number one. It felt like a big dancing bird was in his heart.

沒過多久他就開始要吃的，這都是經驗，看看是否會被拘留。

It wasn’t long before he started to get hungry – he’d experienced all this before. He wanted to know whether he’d be held in custody.

嗨，沒人理他，身單力薄。

Hey, why wasn’t anyone bothered with him!? He was all alone.

他甚至想到，如果真的被拘留，就在監獄裡多看些書，
那裡安靜，沒什麼人打擾。

He was even thinking that if it came to it and he had to really serve time, he would take the opportunity to read as much as possible, as it was quiet and no one would bother you.

想著想著，孟煌還美美的睡了一覺。

Lost in thought, Meng Huang drifted off into a deep sleep.

醒來就看到一個警花從牢前匆匆走過。

When he woke up, a pretty police officer hurriedly walked past his prison cell.

一會兒，那個警花和帥哥又一起走過來，
嚴肅的空間裡有了浪漫的氣息。

A short while later, she walked past again, this time with a handsome young man. Suddenly there was an air of romance in this dark and lonely place.

警花把門輕輕打開，帥哥小心進去，然後警花關門，拜拜。

The female officer quietly opened the door, the handsome chap carefully slipped through it, she closed the door and that was that.

這太超現實了，帥哥原來是一個犯人，
再看他的牢房號是二，怪不得有點「二」。

This couldn't be real. The good-looking chap was a criminal in prison cell number 2.

後來有一個女警官來了，孟煌知道現在提審開始。

Later on, another police woman came by and Meng Huang knew his interrogation was about to begin.

他們在一間溫暖的辦公室桌旁坐下，
這裡有一個電話，電話那頭是個翻譯。

They sat down either side of a desk in a warm office. There was a telephone with a translator on the line.

「你今天下午涉嫌果體，你承認嗎？」

”You are suspected of having a fruit body this afternoon, do you admit to this?” said the translator to Meng Huang.

「我沒有果體，我是裸體。」
"I didn't have a 'fruit' body. I had a naked body!"

「啊，不好意思，孟老師你真善解仁義，
我有這個工作不容易，請多多關照。」

“Oh, please excuse me. You’re very understanding, Mr Meng. I’m finding this translation work very difficult. Please forgive me.”

女警官說：「今天的裸奔，違反了瑞典的法律，
你認為自己錯了嗎？我們要罰你八百瑞典克朗。」

The police officer continued: “Today’s streaking violated Swedish Law. Do you believe you’ve done wrong? We are going to fine you 800 Swedish Krona.”

「我從來不認為自己錯了，八百瑞典克朗，
就是八克朗我也不會給你們。」

"I never think I'm wrong, and 800 krona are 800 more than I can give you."

「如果你拒交罰款，我們將起訴你，你有律師嗎？」

"If you refuse to pay the fine, we will prosecute you. Do you have a lawyer?"

「能上法庭我很高興。」

"I will happily go to court."

女警官說：「現在我要回報給檢察官，請你回到牢房。」

The officer said: “I have to go and report to the prosecutor now, please return to your cell.”

孟煌在牢房裡開始興奮起來，有點鳳凰涅盤、浴火重生的感覺。

In his prison cell, Meng Huang began to get excited, feeling like he was a phoenix, had attained nirvana, as if he were reborn.

三十分鐘後，女警官又把孟煌叫到辦公室：
「你可以離開了，以後你完全可以找記者發表你的看法，
不要採取裸奔這種形式。」

Half an hour later, the police officer called him back into the same office: "You may leave now. Go find yourself a reporter to publish your opinion, ans agad don't do thiin"

「在中國如果你找記者，那麼很可能你就連累了記者，在瑞典找記者也沒什麼用，你們的記者不是反對你們的政府違反歐盟協議，賣武器給獨裁國家嗎？可到現在也沒起什麼作用啊！」

"If you went looking for a reporter in China, it's very likely you'd get the reporter into trouble. And there's no point in seeking out a reporter in Sweden either! Don't Swedish journalists oppose your government for transgressing EU protocols by selling weapons to countries under autocratic rule? Up till now, they've had no effect whatsoever!" replied Meng Huang.

女警官聽著聽著，無奈歎了口氣。

As the police officer listened, she sighed in exasperation.

「最後你還有什麼要說的？」
孟煌很裝的說了句台詞：
「謝謝你的工作，我為自己感到驕傲！」

“Is there anything else you’d like to add?” Meng Huang, as if reciting an actor’s lines, said: “Thank you for your work, I am very proud of myself!”

走出市警局，孟煌輕輕的吸了口冷冷的空氣，
看到黑黑的街道兩旁已有記者向他走來。

Walking out of the police station, Meng Huang took a quick breath of cold air. He could already see reporters coming towards him from both sides of the street.

孟煌感到一陣輕鬆，彷佛他面對的是無邊的波羅的海，
北極光正在海的上空閃現。

Suddenly he felt very calm, as if facing the limitless Baltic Sea, the northern lights sparkling in the sky above.

第三部

THIS IS NOT A NUDE.

2015 年

這不是一個裸體

自從 2014 年 12 月 10 日，
孟煌在斯德哥爾摩音樂廳廣場又一次裸奔後，
全球有不少中年女粉絲大談他的身體如何如何。

Since 10 December 2104, Meng Huang has streaked through the square in front of the Stockholm Concert House once again, and a good number of his global female fans openly discussed qualities of his body.

孟煌明白拍攝身體時，鏡頭的角度很重要，
這完全是阿里的功勞。

Meng Huang understands the camera angle is very important when photographing a body, and that's entirely down to the efforts of Ali.

2015 年的秋天，孟煌再次回到中國。
In the autumn of 2015, Meng Huang returned to China once more.

到處亂哄哄的，北京的霧霾太過分了，
孩子們上學可真遭罪。

There was chaos and commotion everywhere, and the smog in Beijing was just too much, so going to school was a real punishment for children.

就這樣，孟煌呼吸道有了問題，匆匆趕回柏林。

And so, Meng Huang developed a respiratory problem and he quickly made tracks back to Berlin.

由於在國內大吃大喝，不知不覺長了很多肥肉。

Because he'd eaten and drunk so much in Beijing, Meng Huang unwittingly had put on quite a bit of weight.

時間過的真快，轉眼 12 月就到了，
沒辦法，硬著頭皮也要去呀！

Time truly passes quickly… in a flash twelve months had gone by and there was no way around it: He'd have to go and streak again.

臨行前，老廖來電話：「老艾工作室的攝影師會幫你錄影。」

Just before Meng Huang left, Old Liao phoned him: “Ai Weiwei Studio’s photographer, he will help you with the filming.”

第二天，孟煌聯繫上小馬，他們在孟煌工作室開始演練，
這好讓攝影師知道今年裸奔的大概過程。

The next day, Meng Huang contacted Little Ma and they immediately began to rehearse in Meng's studio to familiarize the photographer with the probable process of this year's streak.

孟煌提前買了個手銬，並且把兩個手銬
之間的距離加長到了一百七十公分，他想像著，
這樣可以激怒警察，從而達到上法院的目的。

Meng Huang had bought a pair of handcuffs ahead of time, and extended the chain between the cuffs till they were 170 centimeters apart, thinking that he could thereby infuriate the cops and achieve his goal of appearing in court.

孟煌還做了件裸奔衣，
這件衣服從兩隻袖子到衣領都有一排暗鈕，
只消幾秒，就可以把大衣脫個精光。

Meng Huang also made a coat especially for the streak; along the arms from the sleeves to the collar, there were rows of studs that would allow him strip it off in a couple of seconds.

12 月 9 號，孟煌、小馬和阿里，終於在柏林泰格爾機場會合了。

On the 9th of December, Meng Huang, Little Ma and Ali met at Berlin's Tegel Airport.

一下機，小馬便開始拍攝，不愧是專業人士。

As soon as they'd disembarked, like the pro he is, Little Ma began to film.

到了斯德哥爾摩，還是小孫接機，他可是孟煌的福星，
看到小孫，孟煌的心就定了。

In Stockholm, Little Sun came to meet their plane, and as he was Meng's lucky star, Meng felt at ease as soon as he saw him.

到了阿里訂的家庭旅館，孟煌看到沙發後面掛了
一張人體油畫，心想：「難道房東知道我們是為裸奔來的？」

When they'd arrived at the B&B Ali had booked, Meng Huang saw an oil painting of a nude hanging behind the sofa and thought to himself: "Could it be that the landlord knows we've come to streak?"

小孫建議出去走走。

Little Sun suggested they go out for a walk.

經過一家咖啡館，他們幾個還進到裡面拍了張合照紀念一下。

They came upon a coffee shop and they went inside to take some photos as mementoes of the occasion.

後來在裸奔的音樂廳廣場，
小馬拍攝的時候，發現錄影裡有雜音。
這個情況是否意味著今年斯德哥爾摩的警察已經有所準備？

Later, just before the streak, while Little Ma was shooting on Concert Hall Square, he noticed an odd noise in the image. Might this mean that Stockholm's police had prepared for them this year?

小孫解釋，是旁邊路燈的電流聲。
哈哈！小孫厲害吧！什麼都知道。

Little Sun explained to everybody that this was the sound of the electrical current flowing to the streetlights. Little Sun is awesome! He knows everything.

10 號早上，孟煌趴在旅館的窗戶上抽菸，
發現小馬在街上朝他拍照，孟煌趕緊吐了幾個菸圈，擺擺姿勢。

On the morning of the 10th, Meng Huang was at the window of the B&B smoking and discovered that Little Ma was on the street photographing him. Meng Huang took a few puffs and threw a few poses.

接近中午的時候，小孫來了。
他們四人分兩路去找裸奔地點。

Near noon, when Little Sun had arrived, the four of them took two separate routes to find a good position for the streak.

半小時後，小孫跑過來說他發現一個不錯的地方。

A half-hour later, Little Sun ran up saying he'd found a good location.

他們匆匆回到旅館，孟煌呆坐著，
一言不發，想著行動的一切細節。

They quickly returned to the B&B, Meng Huang sat expressionlessly, not saying a word, as he thought over the details of what they were to do.

孟煌請阿里在他身上寫了：
「THIS IS NOT A NUDE（這不是一個裸體）」
這就是從超現實主義大馬格利特[7]《這不是一支菸斗》
那幅畫獲得的靈感。

Meng asked Ali to write on his body "THIS IS NOT A NUDE." This was inspired by the master of surrealism, Rene Magritte's painting, "*This is not a pipe*".

---

[7] 雷內・馬格利特（René Magritte 1898-1967）是比利時的超現實主義畫家，因作品常帶有詼諧、發人深省而聞名。他的作品《這不是一支菸斗》（*Ceci n'est pas une pipe*），畫中分明是一支菸斗卻如此命名，目的在於引起人們思考。

孟煌開始整理裸奔的大衣，行動的時刻到了。

Meng Huang began to sort out the overcoat he'd use for the streak as the time to act approached.

這時，孟煌對大家說了他的裸奔方案。
Now Meng Huang told everybody his plan for the streak.

走在黑黑的街上，孟煌的腦子開始空白，
雙眼充血，狠狠的抽著香菸。

Walking on the dark streets, Meng's mind began to go blank and blood rushed to his eyes as he dragged deeply on his cigarette.

小孫和 Pia 女士掩護著孟煌，
順利通過了音樂廳廣場警察的檢查。

Little Sun and Pia shielded Meng Huang as they successfully passed through a police check at the music hall square.

不一會兒，他們就來到了地下商場。

In a while, they reached an underground shopping mall.

孟煌迅速換上了裸奔大衣。

Meng Huang swiftly changed into his streaking coat.

當電梯升到地面時，他們看到了 Pia 女士。

When the escalator reached ground level, they saw Pia.

小孫拿著孟煌換下的衣服，匆匆跑向大門口給大家報信。

Carrying the clothing Meng Huang had taken off, Little Sun hurried over toward the main entrance to report the news.

Pia 女士和孟煌像一對親密的戀人，緩緩的向大門走去。

Pia and Meng Huang seemed like a pair of lovers as they slowly walked towards the main entrance.

「慢一點，我把『愛風』打開，我要錄影。」Pia 女士說。

"Slow down a bit, I want to turn on my iPhone and record this," said Pia.

出了大門就是音樂廳，孟煌看到有很多記者在等候了。

Through the main entrance, they came upon the concert hall, where Meng Huang saw many journalists waiting.

孟煌從大衣口袋裡拿出手銬，
掛在警察設立的鐵柵欄橫杆上，「不好，太寬了！」
他急中生智，順勢掛在細的豎杆上，「成功！」

From a pocket in his overcoat Meng Huang pulled out the handcuffs, which he tried to attach to the crossbar of an iron railing set out by the police: "Not good… too wide!" But in his moment of anxiety he saw a way, simply slipping it onto a narrow vertical bar: "Success!"

「嘩」的一聲，手銬的一端滑向地面，
同時孟煌熟練地脫下了特製的大衣。

With a clatter, one end of the handcuffs slide down to the ground, and at the same time, Meng Huang adeptly shed his specially made overcoat.

「自由、我抗議，自由、自由。」孟煌喊著，
他終於完成了「造型」。

“Freedom, I protest, freedom, freedom.” Meng Huang yelled, finally completing his ‘modelling’.

周圍全是閃光燈，一切景物一瞬間變成白色。
就幾秒鐘，警察就逮到了孟煌。

Flashbulbs went off everywhere around him, and for a moment the whole scene turned white. But in a few seconds, the police caught hold of Meng.

孟煌看到阿里，大聲喊著：「自由、自由！」
這時有個警察迅速打開固定在柵欄上的手銬。

Seeing Ali, Meng Huang shouted: “Freedom, freedom!” And the police quickly opened the handcuffs locked to the railing.

警察抓著孟煌就走，其中有個警察
還把掉在地上的大衣搭在孟煌的肩上，「嗨！」
瑞典警察的素質咋那麼高，就這樣小雞雞被擋著了。

Police grabbed Meng Huang and hauled him off, and one of them picked up the overcoat and draped it over Meng's shoulders. The quality of the Swedish police is so high, even such a little cock must be warded off.[8]

---

[8]Chick being a reference to penis.

這時一個警察走過來，雙手拿著大號浴巾向孟煌走來，
「哈哈，原來早準備好了。」

Now a police officer comes over, carrying a large bath towel in his two hands: "Ha ha, they prepared ahead of time."

在警車上，看到車外的小馬和阿里，孟煌自動把手放在車窗上。
就這樣，這個經典時刻被阿里記錄下來了。

In the police car, Meng Huang put his hand to the window when he saw Little Ma and Ali. And that’s how this classic moment was recorded by Ali.

警車啟動的時候，
開車的警官對著後座的孟煌伸出了大拇指。

As the police car began to move, the officer driving it extended a big thumbs-up to Meng Huang in the backseat.

還是老套，警車在斯德哥爾摩市警局的監獄
入口登記，然後開到地下車庫。

Otherwise, all was as per usual, the police car registered at the entrance to the jail at the Stockholm Central Police Station, and then drove into the underground parking garage.

有兩個警官帶著孟煌到四樓的單人牢房。

Two police officers escorted Meng Huang to a single person cell on the fourth floor.

按要求，孟煌換上了囚衣。

As required, Meng Huang changed into a prison uniform.

孟煌覺得可以上法庭了，所以進到牢房，倒頭就睡。

He felt he might get a trial, so he went to sleep as soon as he got into the cell.

大概過了一個半小時，有個老警官提審他。

About an hour and a half later, an old police officer fetched him for interrogation.

「你確認今天下午四點十五分，
你在斯德哥爾摩音樂廳前裸奔並且大喊嗎？」

"Do you admit that this afternoon at 4:15 you streaked and yelled in front of the Stockholm concert hall?"

「當然， 我確認，今天下午我在斯德哥爾摩音樂廳前裸奔，
而且今年已經是第四次了。」

“Of course, I admit it; this afternoon I streaked in front of the Stockholm concert hall, and this is the fourth time I’ve done it.”

「你違反了瑞典的法律，根據你犯的錯誤，
我們要對你進行一個小罰款。」

“You’ve violated the law of Sweden, and in accordance with the mistake you’ve made, we will fine you.”

「哈哈，我可以上法庭，但我不會繳納任何一分罰款。」
“Ha ha! I’m willing to go to court, but I’ll not pay a penny of any fine.

老警官走到走廊盡頭，回報他的上司。

The old police officer walked to the end of the corridor to report this to his superiors.

幾分鐘後，老警官也不看孟煌，
低頭說：「你可以離開了。」

A few minutes later, his head lowered, without looking Meng Huang in the face, the old officer said: "You may leave."

孟煌發飆了：
「你們的司法機構就這麼輕易地踐踏國家法律？」
Meng Huang flipped out: “Does your judiciary so easily trample the law of the land?”

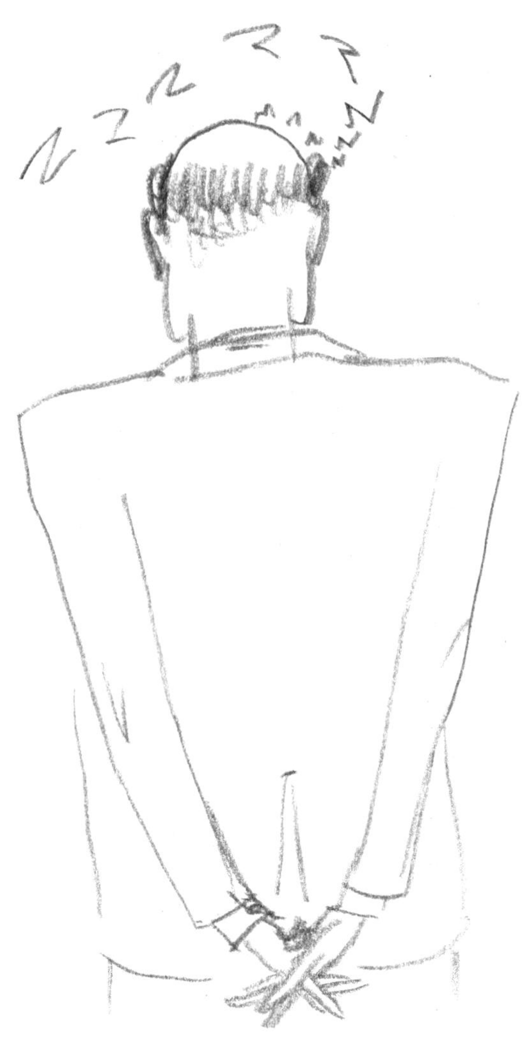

「這在瑞典是件小事，
所以我們決定撤銷起訴。現在，你走吧。」

“This is a minor matter in Sweden, so we’ve decided to withdraw the indictment. You may go now.”

「不上法庭，我明年還來。」
「你來，我還是一樣抓你。」
「我樂意！」

“If I don’t go to court, I’ll be back next year.” “And if you come, I’ll arrest you all the same.” “Happily.”

孟煌頓時陷入一種巨大的虛空，最早是因為給劉曉波寄椅子，但這把椅子至今不知道在何處。2012 年，莫言獲得諾貝爾文學獎，基於他最早的言論，孟煌突發奇想，給瑞典文學院又寄了把椅子，希望莫言回國時帶給獲得諾貝爾和平獎的劉曉波。

Suddenly, Meng Huang sank into a great void; at the start it had been because of the chair he mailed Liu Xiaobo, a chair the whereabouts of which he still didn't know. In 2012, based on the earliest comments of Mo Yan when he was awarded the Nobel Prize for Literature, Meng had wildly hoped he could mail the chair to the Swedish Literature Academy and that Mo Yan would give it to his fellow Nobel laureate when he returned to China.

沒想到莫言在瑞典的發言，
嚴重攻擊了作家、藝術家自由表達的權利，
孟煌為了支持好友劉曉波和捍衛藝術家自由的底線，
進行了第一次裸奔。

Having not imagined Mo Yan would make a speech in Stockholm that would attack the freedom of expression of writers and artists in China, Meng Huang streaked for the first time in support of freedom for his friend Liu Xiaobo and in defense of that of artists.

沒想到瑞典文學院睜眼說瞎話，說孟煌是醉鬼。
再加上第二年在電視上看到劉曉波的夫人劉霞慘遭軟禁，
所以又跑了第二次。同時跑的還有作家廖亦武、貝嶺和王一梁。

Neither had he imagined that the Swedish Academy of Literature would speak nonsense with their eyes wide open, saying Meng was a drunk. Then the next year, after seeing on television that Liu Xia, the wife of Liu Xiaobo, had been placed under house arrest, Meng Huang decided to streak for a second time. This time he was joined by writers Liao Yiwu, Beiling, and Wang Yiliang.

裸奔原本是件很簡單的事情，由於權力的參與，
也就把簡單的事變得複雜。
權力一次次掩蓋真相，孟煌也就一次次裸奔。

Originally, streaking was a very simple matter, but because of power politics, the simple thing became complicated. Power covered up the truth repeatedly, so Meng Huang streaked repeatedly.

孟煌努力用身體刺破這個謊言氣球，但他發現
自己陷入了巨大的虛空。

Meng Huang strived to pierce the balloon of lies with his body, but discovered he had sunk into a great void.

孟煌站在德國的山上，就像浪漫主義繪畫大師
弗里德里希所畫的那張名畫裡的主人公一樣，瞭望著遠方。

Now Meng Huang stands on a mountain in Germany, and like the subject in the famous painting by the Romantic landscape painter Caspar Friedrich, he stares off into the distance.

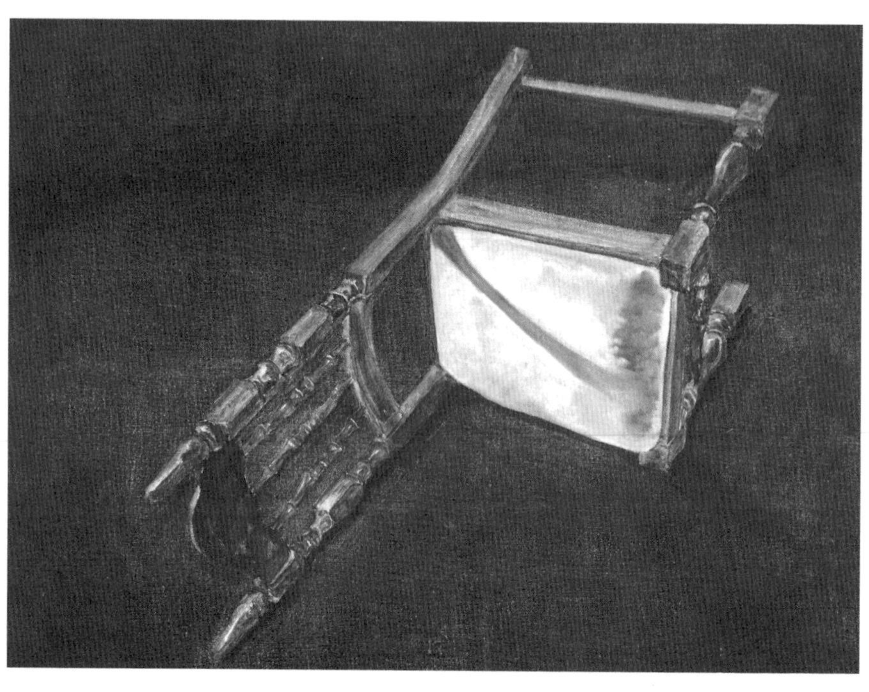

Ⅱ

在斯德哥爾摩裸奔[1]

王一梁

❶ 全文依王一梁生前和貝嶺約定，部份回憶內容由貝嶺補撰、核審與修訂。

一

斯德哥爾摩，不是雪、就是雨，從沒見到過陽光。

12 月，下午三點，天就黑了。

我和貝嶺赤身裸體，被瑞典警察按倒在一輛高級大轎車旁，駕駛座上坐著一個雍容華貴的老太太，幾次打開車門都被警察喝住了。看到她驚恐又一臉無辜的樣子，我笑。她離我們大概不到一米，但她卻正在享受著暖氣。

我穿著襪子的腳被凍得瑟瑟發抖，刺骨寒，赤裸裸的身體反倒一點不冷。

貝嶺看到我笑，他就笑。我看到他笑，我就笑。

大轎車後面，警戒線外，裡三層外三層的瑞典人更是笑翻了，幾乎人人都在拍照。

一片片的，閃光燈閃亮，十分鐘都過去了，怎麼警車還沒有來？

2013 年 12 月 10 日，瑞典時間下午四點鐘。

二

大約五小時後，在斯德哥爾摩市警察局裡，警察用英語問我：「你當時是怎麼脫的？」

我說：「用手脫的。」

我是最後一個被喊出去做筆錄的人，因為「套了招」，各種路數都知道了。

我們四個人被關在一起，在一間整面玻璃窗可一覽無遺的小房子裡。

儘管依然赤身裸體，但我們人人有毛巾毯蓋。我盤腿坐著，貝嶺說我看上去像個和尚。孟煌更牛逼，除了毛巾毯，還有一件

---

❷「左聯五烈士」指五位與中國左翼作家聯盟相關的作家：胡也頻、柔石、殷夫、馮鏗、李偉森，除李偉森沒有正式加入「左聯」，其他四位都是「左聯」成員。1931 年 2 月 7 日，被國民政府於上海龍華監獄秘密處死。

毛線上衣，打扮得像一個花枝招展的傣族女子，赤著腳在我們面前走來走去。

只有老廖最可憐，套著一件塑料垃圾袋做成的衣服，頭光光地露在外面。

我們笑。

瑞典女警察們也跑過來，一個個探頭探腦地在玻璃窗外，衝著我們笑。

在斯德哥爾摩，幾乎看不到一個胖子，斯堪地納維亞(Scandinavian)有無數的美女，女警察更不例外。

三

裸奔前，貝嶺最擔心的是這三件事：

1、一旦我們越過警戒線，瑞典皇家警察有可能會向我們開槍。因為音樂廳裡有真正的國王和王后。

〈裸奔宣言〉是五個人的宣言，歷來五人做事，往往都有一種不幸，像「左聯五烈士」[2]、「狼牙山五壯士」[3]。

2、瑞典警察會把我們撲倒在地，而今年不若去年的大雪紛飛，根據天氣預報，將是下雨天。我們赤裸的身體會被甩在水泥地上，身體受傷就不去考慮了，但必須保護眼鏡！對一個近視眼的人來說，眼鏡就像武器之於戰士一樣重要。我們三個人：老貝、老廖、還有我都是「四眼」，最後決定，除了裸奔外，還用裸眼看。

3、罰款！對窮人說來，這是比坐牢更可怕的事。

四

我說：「我根本不知道自己跑了多遠。」

---

❸ 根據中國官方版本，1941 年抗日戰爭時，八路軍五名士兵馬寶玉、胡德林、胡福才、葛振林、宋學義，為抵抗日本侵華而在河北易縣狼牙山跳崖。此事後編入小學課本而廣為人知。但五壯士事蹟的真實性，遭到質疑。

警察繼續啟發我：「哪怕你說只跑了一米也可以。」

我說:「我真的不知道。你想，我是從零上二十多度的商場裡，驟然間奔到了天寒地凍的廣場，除了像箭一樣奔跑著，腦子是一片空白，我怎麼可能意識到自己跑了有多遠呢？」

孟煌繼續笑著，他的濃眉在我的面前一晃。

他說，警察說，有人看到他往前跑了幾步，又往後退了幾步，這不就像一個脫衣舞女在挑逗嗎？

和警察說話，無論在任何情況下，都要十分小心，哪怕面對著一個只是看上去忍住不笑的瑞典警察，一個非常友好的警察。

五

《赤身裸體，走向上帝》是劉曉波出版於 1989 年的一本書。

2013 年 12 月，我在貝嶺波士頓的家裡，看到了曉波於 1989 年 4 月由美國飛回北京時留給貝嶺的幾十本商務印書館出版的漢譯名著，都是哲學書，有幾本書的字裡行間寫滿了批注。

回顧當年，我們的啟蒙年代，1980 年代，在那個書籍貧乏而想像力發達的年代裡，有幾套書和雜誌是終生難忘的。

「一梁，像《外國文學》、《世界文學》，你可以照著這種樣子編啊！」曉波在 skype 裡對我這麼說。

那時候，曉波是獨立中文筆會會長，我是筆會網刊《自由寫作》執行編輯，貝嶺是筆會創始人。

在波士頓，我對著這幾十本商務印書館出版的漢譯名著，當年劉曉波的藏書狂拍。

從眉批和藏書的質上看，曉波不怎麼從這些西方大哲們寫的書上獲得智慧。他當年的這套藏書，幾乎都是新的，除了少數幾本書上批注滿滿，大部份書上眉批寥寥。

我們怎麼就這樣開創了一個歷史上偉大的里程碑式的年代呢？

我在回憶，我思考。

六

瑞典人幾乎個個都會說英語，不像聽說中的法國人，也不像我碰到的德國人。

我到了柏林，向一個年輕漂亮的德國女郎問路。

這已是午夜。

德國姑娘開始哇哩哇啦地用德語說，我有些困惑地看著她。

她越熱情、說的越多，我越加困惑。

我只好背著沉重的包，和她說 Auf Wiedersehen（德語：再見）。

我的德語老師如果知道我到了德國，一定會欣喜若狂。

我把要去德國的消息告訴了在美國的同學，我問他：「你還能說德語嗎？」

我的同學哈哈大笑：「三十年前讀的東西，怎麼可能還記得住呢？」

我困惑地盤算著我的歐洲之行。

我初踏歐洲的第一站，怎麼就從裸奔開始了呢？

在寒風凜冽的廣場，當我最後一個被警察按倒時這一瞬間，我聽到警笛一陣又一陣地長鳴。

「你們被捕了。」

在警車上，一個瑞典警察用漂亮的英語對我們說。

這時候，除了廖亦武套著一件黑色垃圾袋做成的衣服，被反銬著手外，我和貝嶺都還繼續赤身裸體。

孟煌從我們的警車上被押走了。

貝嶺一拍手掌：「啊呀呀！」對著我說：「你當時應該和孟煌一起裸奔的，他一句英語也不會說，現在怎麼辦？」

我們在推算警察的意圖，用呱啦呱啦的中文討論著可能發生的事情。

七

又一輛警車開來，把廖亦武帶到另一輛警車上。

一輛又一輛的警車從我們的車旁開過。

我對身旁的貝嶺說：「看來國王的車隊就要到了，所以我們的車子還不能放行。」

貝嶺把全裸的身體一部份悄悄地靠在我的裸體上：「我冷。」

我說：「我們可以相互取暖。」

我把屁股縮了一縮，把肩膀靠在他的肩膀上。

坐在我們兩個裸男前面的瑞典女警察聳了聳肩。

她身材苗條，表情冷峻。如果是在咖啡館，在酒吧，我想，她一定是一個熱情奔放的金髮女郎。我們的貝嶺也一定會穿著他的古老衣服，從書包裡掏出他的詩集或最新出版的書。

「呀，呀！」

貝嶺說，揚起或垂下他的長髮。

他有一本以德文出版的書叫《犧牲自由：劉曉波傳》[4]，他肯定會將它遞給這個漂亮的女警察，也許會作為禮物，而不是讓警察買下。

說貝嶺裸奔並非百分百正確，他的前胸和後背還貼著劉霞和劉曉波的照片。

八

在貝嶺波士頓家時，我估計斯德哥爾摩 12 月的溫度是零下二十度。

貝嶺費了一番功夫，終於從他波士頓家裡找出一雙厚實的、帶著絨毛的半高統靴子送給我。

我看了看它，試了試。

「行！就是穿著它爬上風雪滿天的阿爾卑斯山，也行。」

---

❹《犧牲自由：劉曉波傳》（*Der Freiheit Geopfert Diedes Friendensnobelpreisträgers Liu Xiaobo* – Buch gebraucht kaufen，德國 riva 版社，2011）

離貝嶺家不到一百米的地方，就是波士頓「無家可歸者之家」（Pine Street Inn）。

我得意洋洋地穿著這雙鞋子，在波士頓的黃昏裡，在幾百個人的人群中排隊，等待著我的免費晚餐和免費住宿。

即使是在冬天，波士頓的風還是暖暖的。零下二十多度的斯德哥爾摩，這意味著什麼？

我愈想，愈是打起了寒顫。

九

我在波士頓「無家可歸者之家」睡了一覺，另外還吃了一頓晚餐和早餐。

我很開心。

但由於我穿了貝嶺送給我的這雙不合腳的皮鞋，左腳開始紅腫，最後就潰爛了。

我一拐一拐地走在波士頓的大街小巷上。

廖亦武在德國知道我的腳已經潰爛了，來信寫道：「我將帶一雙厚襪子給你。」

他激勵我在斯德哥爾摩的冰天雪地裡裸奔。

到了斯德哥爾摩，我脫下鞋子，穿上拖鞋，走出飛機。

貝嶺生氣地說：「你穿著拖鞋，這冰天雪地，怎麼走到旅館？」

我說：「我就一步一步地跟著你走，你管我是怎麼走的呢？」

我和貝嶺繼續在車上凍著。

一個看上去像是專業記者的人，跑到我們的車前，閃光燈不斷對著我們閃。貝嶺摘下胸前的劉霞照片，往車窗前一貼，閃光燈更亮了。

我也身手敏捷地學著貝嶺的樣子，摘下他後背上貼著的劉曉波的照片。

不幸的是，我哪知道上面還沾著膠水，手上拿著的是一張劉曉波三分之二的照片，就往窗口上貼去。

閃光燈，不斷地閃著。

貝嶺開始對我發火：「你好像一天不闖禍，就不能活似的……你把曉波的照片撕壞了。」

我把曉波的照片從車窗上摘下，看到曉波的臉完好無缺，這時，我的聲音比貝嶺更大：「看看，看看！只是少掉了一些頭髮和天空，你嚷什麼？」

十一

漂亮的女警察走了，又來了一個身材高大的男警察，別過頭來對我和貝嶺說：「你們大概要被關幾個小時。」

說的是英語。

A couple of Hours ！我的理解是二、三個小時，聽得我心花怒放。

不停地有警察過來，坐在我前排的警察就開著門和他們說話。

我開始抗議。

我說：「我冷，請把車門關上。」

貝嶺不冷，因為他坐的位置吹不到風，雖然我們是一起坐在後排。

貝嶺向我問了一個奇怪的問題，那時候，老廖還穿著垃圾袋沒有被帶走，坐在前排漂亮的瑞典女警察身旁。

「哎，怎麼這裡一點都不冷？」

我和老廖異口同聲道：「因為車裡開著暖氣。」

我有些擔心貝嶺可能有些想過頭了，他擔心的僅僅是三件事情。

幾分鐘後，瑞典警察果然開腔了，用的是另一種腔調。

十二

當警察知道貝嶺和我都持美國護照，說：「看來你們暫時都回不到美國了。」

貝嶺一驚，因為他已買好 13 日去紐約的機票。我無所謂，我去柏林的機票只有四十一美元。

警察說：「我們的頭兒非常生氣，因為去年裸奔，這在諾貝爾獎頒獎史上從未有過的。今年又發生了裸奔，而且還從一個人發展到了四個人。」

警察繼續轉過身來對我們說：「我們的頭兒，不想看到明年還有這樣的事情發生，你們將被帶去法院。」

貝嶺大聲問道：「什麼罪名？」

「你們犯了兩種罪。」

我翻譯給老廖聽。

我感到廖亦武被反銬著的手，打了一個寒顫。

「什麼？」

老廖大喊大叫起來，我的上海普通話發音太蹩腳了。

一部很有名的電影，就叫《七宗罪》[5]。恐怖啊。

貝嶺笑：「二宗罪。」

老廖嘿嘿地笑：「絕對是七宗罪，就跟電影裡一樣的。」

我說：「老廖，鎮靜一點，看來我們要被關入十二世紀的監獄裡去了！那裡就像皇宮一樣。」

老貝說：「我們沒有去過皇宮，它像個什麼樣子呢？」

我說：「你問老廖，他差二步就衝到皇宮裡去了。」

老廖說：「我他媽的沒有戴上眼鏡，就被一個高個兒警察勒住脖子、拖下台階了。」

老貝說：「不是警察，是國王的衛兵。」

---

❺《七宗罪》（*Seven*）為美國著名導演大衛．芬奇（David Andrew Leo Fincher，1962 －）在 1995 年拍攝的一部新黑色心理犯罪驚悚電影，由安德魯．沃克（Andrew Kevin Walker，1964 －）編劇，曾獲奧斯卡金像獎和英國電影學院獎提名。

老廖說：「怪不得沒有狐臭味，我倒是聞到他身上一股香水味。」

貝嶺說：「那一定是巴黎的男士香水。當年，在捷克總統府，哈維爾的秘書就帶著這香水味。」

老廖想入非非地說：「看來出國早的就是好，那時候，第一夫人還年輕？」

老貝似發火：「哈維爾已再婚，第一夫人奧爾嘉已過世。」

老廖問：「那麼誰是我們當中的耶穌呢？」

老廖哈哈大笑地向我問道。

我一本正經地說道：「我是路過耶路撒冷的約翰。假如有耶穌，也只可能是孟煌，因為我們四個裸男中，只有他是絡腮鬍子，而且還是我們當中第一個被押走的人。」

十三

「你們犯了兩種罪：一、闖過警戒線；二、在公開場合裸體。但你們態度很好，沒有反抗警察，否則你們的麻煩就多了。」

聽到這裡，貝嶺有些興奮，對我說：「幸虧我們沒有反抗，但我們已經觸犯了刑法。」

一輛警車開來了，一個警察拿著一條浴巾過來。

貝嶺披上，走到另一輛警車上。

現在，警車上只有我了，依然赤身裸體。幸虧座位上有一塊很大的皮革，可以蓋住身體。不時地有警察過來，車裡的警察就打開門和他或她說話。

冷風吹來，車裡的暖氣消散。

我開始抱怨和抗議。

「我冷。」

「請把門關上。」

「請幫我找一條毯子。」

我對任何警察都不信任，懷疑開著門說話，是一種變著法子在修理我。

身材高大的瑞典警察對他的同事笑了笑，把門關上。

十四

又一輛警車過來，一個警察拿著一條浴巾走出車門。

我知道，這一回輪到我了。

一個瘦高個兒的警察指著後排左面靠窗的位置，說:「你坐那兒。」

我用浴巾蓋住身體，因為剛從外面進來，赤腳走過雨後的馬路，感覺很冷。

「再往裡面坐坐。」

車內很黑，我沒戴眼鏡，望著窗外。

「繫上安全帶。」

我照美國車子的位置和方式，摸索著。

警察動作麻利地從我的頭上拉下安全帶，我感覺有些不舒服。

警察說：「那就算了吧。」又把安全帶從我的身上鬆開。

我突然明白剛才在另一輛警車上那塊很大的皮革，其實就像精神病院裡給瘋子穿的緊身衣一樣，發病時把你緊緊裹住。

警車開動了。

坐在我身旁的這個瘦高個兒警察說：「這是我第一次坐在一個裸身的男人身旁。」

他笑著說。

我也笑了，說：「這也是我第一次在街上裸奔。」

十五

「我和我的朋友們關在一起嗎？」

「你們關在同一個警局拘禁處，但是分開關。我們的頭兒想見你。」

「那我要求一個翻譯和一個律師。」

「我們的頭兒會講英語。」

「萬一存在語言上的誤解呢？」

我學著剛才看到孟煌對警察說的那樣。他去年就在這裡裸奔過，對付瑞典警察比我們有經驗。

「可以。」

警車筆直地向前開著。

「你住在美國哪裡？」

「紐約，但以前一直住在加州。」

「加州哪兒？」

「舊金山。」

「我去過加州的聖地牙哥。我的女朋友是個中國人。」

「那你去過中國嗎？我是上海人。」

「我沒去過中國。」

車子開始拐彎，在一個崗亭前停下。

崗亭裡的兩個警察對著我們哈哈大笑，我身旁的瘦高個兒警察也大笑起來。

警車又開動了，往一條斜路開去，彷彿下沉一般，看上去像是進入一個隧道。

瞬間，我產生一種錯覺：難道我剛才看到的不是警察，我們只是走過一個收費站？只是因為我沒戴眼鏡，看不清楚？

警車繼續往下開，一扇厚重的門自動打開，我看到裡面停滿了警車。

十六

突然，我感到疲憊。

我討厭坐牢，如果四個人關在一起，那還好過一點。

我裹著浴巾、赤著腳，走在警察前面，走進電梯。

警察按了一下六樓的按鈕，又往回按到了四樓。

警察讓我在靠門的一排長椅上坐著。

往裡面走去。

我想，他大概是去通知他的頭兒，我來了。

不時地有警察進進出出，男女警察都有。

一個年輕、英俊的警察走過來，讓我跟著他一起走。

一拐過彎，透過落地大玻璃窗和玻璃門，我看到老廖、孟煌還有老貝，正坐在一長條靠牆的凳子上，談笑風生。

我欣喜若狂，以為要把我也關進去，但警察卻帶我走過他們，讓我站在他們隔壁房間的角落裡，自己卻繼續往前走。

大約五分鐘後，我又被帶回到老地方，靠門那排長椅。

我坐著，在發愣。

時間一秒秒地流逝。

十七

一個女警察在我身旁的台子上，從一件皮夾克的口袋裡，往外掏東西。香菸、打火機、皮夾子、餐巾紙、鑰匙、名片、稀哩嘩啦的硬幣等等，看得我發愣。

這時候，一個警察走來了，手上拎著一只很大的牛皮袋。

在我的面前停下。

示意我把扔在腳前濕透了的襪子給他。

他接過襪子，把襪子翻開，看到裡面還有一張早已濕透、幾乎快要破了的小紙片，拿起來，看了看，就把它和襪子一起放到牛皮袋裡。

臨出門時，每人都拿好了印著旅館名字和地址的紙片，並相互關照道：把它塞進襪子裡，以便被捕後，讓警察和我們所住的旅館聯繫。

警察在一張紙上寫著什麼，然後拿給我。我一看，上面只寫著襪子和紙條。他笑了，這可能是他一生中，從犯人身上搜出來的最少的東西了。

我笑著簽完字後，看了看身旁的女警察，她也正對著台子上的東西在抄寫。

依據我以前的坐牢經驗，我已辦完入獄手續，現在可以正式入獄了。

十八

果然，我入獄了，和另外三個在諾貝爾獎頒獎典禮外奔跑的裸男一起關在整面玻璃窗的小房子裡。

大家開始感到渴了，餓了。中午，貝嶺和我還一起吃了一點，廖亦武和孟煌根本沒吃。從時間判斷上看，應該早已到了吃晚飯的時候。

但最令我們嚮往的還是能早一點兒回去，大家可以痛痛快快地喝上一杯。酒是老廖他們三個人從德國帶來的。就在他們快要登上飛機的幾小時前，老貝讓我趕快寫信通知老廖。

「我在旅館裡遇到了好幾個人，」貝嶺說：「他們都遭瑞典海關的罰款，因為只能帶二十度以下的酒。」

德國的酒比瑞典便宜不只一點點，所以許多北歐人都到德國去買酒。我急忙在 email 標題欄裡，寫上：「千萬不要帶二十度以上的酒，瑞典海關要罰款的！」

當看到老廖他們一行，除了葡萄酒，還帶著四十度的威士忌，我不禁一驚。

「沒關係，我們是在免稅店買的。」

裸奔前一晚，貝嶺說：「今晚大家可以喝一點，明天就要滴酒不沾了。以免被警方懷疑為酒後鬧事，或被媒體譏諷為發酒瘋。」

「我們可不能犯這樣的低級錯誤！」貝嶺正色道。

十九

2013 年 12 月 10 日，中午。

天陰沉沉的。

王軍濤[6]、貝嶺、廖亦武、孟煌及我，一起去諾貝爾獎頒發地現場查勘地形、也查看裸奔路線。

我們從旅館的小路上一拐出，住斯德哥爾摩的小孫就指著不遠處的一座建築說：「這就是瑞典皇家音樂廳，諾貝爾獎頒獎儀式的現場。」

裸奔之地如此之近，讓大家不由地都有些喜出望外。

為我們預定旅館的小孫，還為我們今晚的行動準備了一輛麵包車。按照他的設想，我們五個人必須赤身裸體衝出汽車。如果到了汽車外再脫下大衣或唯一的遮蓋物，好處是：我們五個人可以統一行動；壞處是：瑞典警察可能會懷疑我們是人肉炸彈，真的向我們開槍。

但怎樣才能保證五個裸男一起奔出車外呢？而不是才奔出一、二個，就被警察發現，而把後面的人都堵在車內！

我們到現場查勘，主要想解決的就是這個難題。

二十

王軍濤在最後一刻退出裸奔。

退出的理由實在令人忍俊不禁，也讓我們理解，「黨」是一個什麼樣的組織。

---

❻ 王軍濤（1958－），中國民主活動家，北京人，畢業於北京大學、哈佛大學和哥倫比亞大學。王軍濤曾任北京《經濟學周報》副主編，六四後在國內逃亡。1990 年 11 月 24 日，王軍濤被捕，並以「顛覆政府罪、反革命宣傳煽動罪」被判刑十三年。1994 年，王軍濤被以「保外就醫」的名義直接從監獄押上飛機遣送美國。

當我們五個人前往勘察地形的時候，王軍濤鄭重告訴我們：中國民主黨全國委員會做成了決議，要求他不得在斯德哥爾摩「裸露」。如果黨主席執意在斯德哥爾摩裸奔，就必須先辭職。軍濤一本正經地向我們陳述並解釋，我們四人全都笑了。

貝嶺說，「黨」真是個笑話。

可王軍濤的退出讓貝嶺多了一份憂慮。

前往斯德哥爾摩裸奔前，貝嶺的老友，前中國民主團結聯盟主席胡平提出忠告，大意是，筆會是一個國際性的組識，獨立中文筆會亦然，他才上任會長，如果真的去斯德哥爾摩裸奔，可能「身敗名裂」。

貝嶺剛剛當選爲獨立中文筆會會長，新官上任三把火，可這第一把火竟然是裸奔。在筆會內部遭到巨大反彈，筆會理事沒有一個人同意他來斯德哥爾摩裸奔，甚至要彈劾他的會長一職。

貝嶺披頭散髮，貌似顛狂，可實際上理智得厲害。他想法清楚，守諾為重。

因為在他還沒動念競選獨立中文筆會會長前，即已答應廖亦武和孟煌，在 12 月 10 號世界人權日那天，也就是諾貝爾獎頒獎典禮日，去參加這場策劃已久的裸奔。

軍濤是一位極其可愛的「黨主席」。作爲 1970 － 1980 年代中國最具影響力的政治異議者，在六四事件後，一人擔下中國政府對於所有「黑手」的所有指控，寫下二十世紀中國政治反對運動歷史上最具道德感召力的法庭答辯[7]。不幸的是，一念之差，他在獄中接受去國赴美治病名義的中美兩國協議，成為失去人民的政治流亡者。對他而言，不能沒有了民眾的政治操練，所以，他接手了一個由於分裂而需另立重整的海外政黨 —— 中國民主黨，獲選為主席，並把它發展成一個以紐約法拉盛華人社區爲基地、具街頭政治抗

---

❼ 參閱王軍濤法庭後答辯文：「……據我所知，在一場像 1989 年那樣的軒然大波之後，竟然只有那樣少的人面對審判，可以平靜地說出自己的良心判斷，這在人類政治史上是不多的。特別考慮中國政府並不嚴厲地處置這類良心判斷，而且人民似乎也不誤解、歧視這類辯護，這就更叫我汗顏慚愧了 —— 為我的同胞慚愧，這也不大符合我們中華民族的傳統。」網址：https://www.storm.mg/article/41052?mode=whole。

議、協助政治庇護、安頓新移民生計、培訓政治覺悟力，並由數百位黨員組成的海外流亡政治組織「中國民主黨全國委員會」。

累為黨主席的軍濤被迫屈從黨意，而非我們五人的民意。他千里迢迢從紐約飛來，卻從五個裸奔者之一，變成現場助理、危機處理者、手機報導員，以及四位裸奔者服裝的保管人。王主席還得遞水、奉茶（老貝那無茶不興的怪癖）、送咖啡，一夜間，王主席儼然從主角——馬拉松長跑選手降格成助手——長跑啦啦隊。

這是裸奔前戲劇性的插曲。

二十一

瑞典皇家音樂廳的廣場左側中心，路旁，停著一輛電視台的採訪車。

王軍濤說：「這裡好！」

貝嶺再三強調的是，假如沒有媒體拍攝下我們的裸奔現場，我們的這次行為就失去了意義。

我有些不解地問道：「不是還有我們自己的語言，我們五個人的裸奔宣言嗎？」

「這不一樣，影像、照片和文字的效果不一樣，就像當場報導與事後的追記不同。」

孫晟在一旁說：「我已請我的同事們，到時候來為你們拍照和錄影。」

小孫是個建築師。

「問題是：我們不知道到時候我們乘坐的那輛麵包車的門是朝向哪一邊？」

軍濤說：「如果車門正好對著廣場，那就太好啦。到時候，麵包車一開走……」

「五隻光屁股正好對著電視台的錄影機。」孟煌邊說邊搖屁股。

老廖說：「我靠，這時候大家一起開始跑。」

老貝飄著長髮，擼了擼脖子上的大黑圍巾，一臉肅穆。

廣場周圍已經出現了用紅線拉起來的警戒線，但廣場還可以讓人行走。

我們一起穿過廣場，向著對面的商場走去。

北歐 12 月的風，哪怕是飄著雨，也含著陣陣雪意。

一個好消息是：下午的斯德哥爾摩將會下雨，這意味著氣溫將在零度以上。壞消息是：我們將在雨中奔跑。

二十二

走到廣場中央時，貝嶺建議我們五個人一起合個影。

在音樂廳和商場的拐角處，我們遇到一個胸前別著一塊「國際大赦」[8]牌子的金髮女郎。

我們好奇地問道，難道今晚「國際大赦」也有活動？

金髮女郎笑咪咪地說：「沒有，只是別著這塊牌子，活動起來方便些。」

她身旁幾步外，站著一個看似中國人的年輕女子。貝嶺以他慣有的明星派頭，用中文搭訕道：「你是中國人嗎？」

「嗯哼，我是中國人，你們也是？」

「我們是。」

就我和貝嶺倆，其餘的人已經散開。

「聽說，」這個女子頓了頓說：「下午這裡有示威遊行，我是特地來看遊行的。」

「為了什麼遊行？」貝嶺笑盈盈地問道。

「是法輪功嗎？」我問。

---

❽ 國際大赦完整名稱為「國際特赦組織（Amnesty International），為國際非政府組織，1961 年成立，總部設於倫敦，致力於推動全球人權發展，為遭受迫害的人們伸張正義。該組織於 1977 年榮獲諾貝爾和平獎，1978 年獲聯合國人權獎。

「聽說，是為了抗議監禁劉曉波和軟禁劉霞。」

我和貝嶺相互望了一眼。

「你聽誰說的？」

「昨天晚上，一個瑞典人告訴我的。開始時，我還以為就是你們。」

我感到有些不可思議。看到老廖和軍濤正走向有著透明大玻璃窗的商場，我也跟著他們走去。

貝嶺和這個中國女子繼續說話。

二十三

也不知孟煌去了哪兒？

我們三個人站在商場二樓的大玻璃窗前，掃描著廣場的各個角落。

軍濤的手機響了，傳來孫晟的聲音：「叫貝嶺再也不要在廣場上和人說話啦，這樣會引起人們注意的。」

貝嶺上來了。

我問他：「難道還有別人或團體，也要來這裡聲援劉曉波和劉霞嗎？」

貝嶺說：「不會有其他人，除了我們。」

我說：「剛才那個中國女人會不會就是特務？」

貝嶺說：「不會的，但是，我剛才問她是做什麼的，她有點緊張。」

我說；「我們還是不要回到旅館去吧，直接去麵包車裡？」

貝嶺說：「這裡又不是中國！這是一個自由世界。」

我說：「如果是在中國，隨便找個理由，警察還真會現在就把我們扣留起來。」

軍濤說：「我們還是回旅館吧。」

我說：「老孟煌呢？」

老廖說：「不用去找他了，他認得路。」

二十四

我們聚集在青年旅社餐廳裡。

廚房裡的一鍋湯和一鍋粥都快涼了，但都還是滿滿的。

這些都是我煮的，貝嶺從大西洋的彼岸波士頓帶來了這些米。

孟煌回來了，他告訴我們，今年的廣場情況和去年相似，看不出有什麼異常。

我問他：「吃飯嗎？」

「心裡緊張，不想吃。」孟煌說。

老廖說：「有我們這麼多人，有什麼可緊張！」

大家都笑了。

貝嶺說：「我們還是派人再去看看吧。剛才去的太早了，可能看不出太大的變化。這是一個民主國家，總是想盡最大限度保持已有的秩序，以把有可能給公眾帶來的麻煩減到最低程度。」

孫晟和倫納特（Lennart）先後說，他們去看看。

他倆都住在斯德哥爾摩，其中倫納特是廖亦武著作的瑞典出版商。

孟煌說話了：「我也去。」

「你去幹什麼？」我們幾乎都跳了起來。

「難道你忘了自己是個去年有案底的人！」

孟煌抖動著他的濃眉小眼：「正因為有案底，我才能看出其中的道道。」

快走到門口時，孟煌突然轉過身笑著說：「也許『武昌起義』的槍聲，就要提前打響了！」

12 月 10 日，大約是瑞典時間午後一點半。

下雨了，而且雨勢愈下愈大。

我站在旅館的大門口，抽菸。

望著街道、路人、雨和天空，頭腦一片空白。

二十五

大約下午二點鐘，倫納特偵查回來了。

王軍濤、貝嶺、廖亦武和我正坐在青年旅社餐廳桌子前，談論著裸奔行動的各種可能性。而我們的手上，什麼也沒有：包括茶和咖啡，更不用說酒了。

倫納特好像淋了雨，他的毛大衣散發出一絲絲濕漉漉的氣息。倫納特看上去不像是一個出版商，反倒與現代派小說鼻祖喬伊斯更有幾分形似和神似。

孟煌在我的面前，親切地稱他為「瑞奸」。彷彿我聽不明白似的，孟煌說：「就像漢奸，我們叫漢奸。他是瑞典人，所以我們叫他瑞奸。」

老孟煌的解釋，聽上去像是在說「內奸」。

我大笑起來。

倫納特說：「我去廣場看了，剛才你們看到拉出警戒線的地方，已經多出了一道柵欄，這是以前從未有過的現象。」

去年，他曾幫助孟煌在此裸奔。

這意味著什麼呢？

「意味著，我們不可能開車進入廣場啦，因為道路已被封死了。」貝嶺一語道破。

二十六

雨漸下漸小。

我把菸屁股扔到牆下的香菸缸裡，脫下襪子，走出旅館，向斯德哥爾摩的雨巷走去。

在斯德哥爾摩的老城裡，有著比上海城隍廟還要狹小、還要悠長的小巷。

我和貝嶺剛到斯德哥爾摩時，就住在老城，而且旅館面對大海。只是斯德哥爾摩是一個由百座島嶼組成的城市，我所謂的「海」，指的是到另一個小島的距離，不過就像上海的蘇州河一樣寬。

在斯德哥爾摩的老城裡，我喝到了這十年來喝過最貴的啤酒和威士忌，因為那一天，正好是星期天，除了酒吧，所有的酒店都打烊。

我赤著腳，穿著拖鞋，在小巷走不到百米，就到了皇家音樂廳前的大馬路，只不過我走的是與皇家音樂廳相反方向的道路。

我想去 LIDL[9]買一罐啤酒。

LIDL 是一家以價格便宜，從而得以縱橫西歐的超市。

美國警察允許人們在開車前，只喝一罐啤酒。我在 LIDL 裡買了一罐啤酒。一邊走路，一邊逍遙自在地拿著這罐啤酒，仰起脖子喝—— 這在美國，馬上就會被逮捕。

快要到旅館時，酒喝光了。

我把啤酒罐扔進垃圾箱，發現這裡是又一家超市。管它什麼貴還是不貴的，這時候，我只需要再買一罐啤酒。

而根據我在美國的開車經驗，只要二小時，兩罐啤酒的酒精量就可以完全消失在警察的眼皮底下。這時候，你是安全的！

二十七

我回到青年旅館，走進淋浴室。

等我出來時，兩隻腳都已洗得乾乾淨淨，但老貝給我貼在左腳上的創可貼，也永遠地消失了。

等不及腳上的水乾，就穿上老廖為我從柏林帶來的厚襪子，我趿著拖鞋，悄悄地走進了餐廳。

上午，瑞典電視台在這裡對我們做了一次採訪。也許是這個緣故，餐廳裡只看見我們自己的人。平時喜歡在這裡上電腦的人都不見了。

---

❾ LIDL 是德國連鎖超市，在全球擁有八千家分店。

這是我第三次住青年旅館，顧名思義，只有年輕人才可以居住。青年旅社其實更像是一個國際大家庭。

我兩次與老貝一起住青年旅館，老貝的鄰床，都有年輕的女郎齊肩而睡。笑得老貝在廚房裡都吵著要我為做飯，順便再邀請女郎和我們坐在一起吃飯。

餐廳裡的氣氛，似乎有些凝重。

除了軍濤、老廖和老貝外，倫納特、孫晟還有孟煌都在餐廳，或坐或站，正在討論著裸奔行動的細節。

二十八

「烏里已經在德國公開發表了你們五人的〈裸奔宣言〉。」

小孫告訴我。

我搞了半天才弄明白，原來，就在我去找啤酒喝、不到半小時的功夫裡，局面已經大變。

「馬悅然已經對你們的裸奔做出了公開的回應，現在國際媒體都知道你們將在四點半裸奔。」小孫告之了最新情形。

烏里是柏林國際文學節[10]的主席。他撥快了時間，把手上的這張好牌打得太快了。

今年的裸奔，策劃已有大半年，計劃中，除了柏林國際文學節將會在裸奔開始之際新聞發佈外，我們五人的〈裸奔宣言〉也將由柏林國際文學節，以中、英、德、法、西班牙、瑞典、捷克、波蘭等八種語言共同發表。

此外，具有沙特、卡繆血統的法國最大左派報紙《解放報》（*Libération*），還有德國的《法蘭克福匯報》（*FAZ*）都將一起跟進報導。前提是：對我們的行動事先保密。如今，這已成了事先張揚出去的新聞，我們該怎麼辦？

---

⑩ 烏爾里希·施萊伯(Ulrich Schreiber)為柏林國際文學節(Internationals Literature Festival Berlin)創始人兼文學節主席。柏林國際文學節是德國重要的文學活動，每年9月舉行，內容包括當代詩歌，散文，紀實文學、小說及兒童和青少年文學。

二十九

「為何要提前起義？」我不同意。

老貝更不同意。按他的理解：我們只有讓全世界各大媒體目睹並報導，我們為劉曉波劉霞自由的裸奔才有意義。

按老廖的理解：這是哥們兒義氣！我們唯有這一裸，這一奔，才有希望在這個根本沒有正義的世界，為曉波和劉霞伸張正義。

淳樸如孟煌，他只想讓他去年的作品——一把空椅子——這一行為藝術作品繼續表演下去。

軍濤在奮筆疾書。

所有、所有的這一切，一個恰當的時間，就是斯德哥爾摩時間：2013 年 12 月 10 日下午四點三十分。

為什麼要提前裸奔？

三十

小孫嚴肅地對我們陳述了二個事實：

1、麵包車沒有了，因為車子根本就開不進去；

2、四點三十分裸奔是不可能的了，因為外界已經知道我們的裸奔是從四點三十分開始。

這本來就是個唐吉訶德式的行動。

我對什麼是正確的時間、正確的地點都無所謂，只要大致對就可以了。唯一擔心的只是兩個小時還沒到，我渾身上下的酒氣還沒有散發完畢。

小孫說，你們分兩路裸奔。他詳細地描述起這兩條路。

「一條路從更衣室開始……」小孫說。

孟煌拿出筆和紙，開始畫。

另一條路從電梯裡開始。

我問：「我和軍濤是一路嗎？」

軍濤姓王，我也姓王，反正死了，一起合葬在王氏祠堂，方便。

「不。」

貝嶺說：「你和我，還有老廖在一起，軍濤和孟煌在一起。」

那就提前開始奔唄！

這時大約是下午三點剛過。

雨停了，但斯德哥爾摩的天也開始黑了。

三十一

街道上的雨水漫延到我穿著拖鞋的腳上。

前面走著老廖、老貝，還有一個瑞典朋友，到時候，他將把我們所有的身外之物都裝在一個大大的口袋裡 —— 當我們開始裸奔的時候。

這三個傢伙越走越快，我的腳也愈拐愈厲害。

天上的雲朵密密麻麻地聚合在一起。

天空和大地一起扮著鬼臉，一個大頭鬼，飄忽地出現在我的眼前。

這大約是斯德哥爾摩 12 月 10 日下午三點二十五分。

三十二

我們走在一條猶如上海城隍廟 —— 老城裡的一條街道上，身旁的小孫說：「這是一條長有五百米的步行街。」

我說：「哦，哦。」

孫晟是我們的斯德哥爾摩嚮導。

我們第一次見面時，非常激動。

當他把我們帶到旅館後，意氣風發地說：「天下所有的問題，我都可以回答。」

正好王軍濤走過，他說：「你提出的任何問題，我都可以和你辯！」

軍濤的回答把大家嚇了一大跳，我趕快說：「NO，NO ！」

軍濤的腔調，有一絲紐約哥倫比亞大學的口音。

三十三

斯德哥爾摩的雨停了，但路上還是濕答答。

我行走在一條像是掛滿紅燈籠的街道上——斯德哥爾摩著名的步行街，有五百多米長。

我小時候住在上海老城。十一年前，我帶著大衛逛城隍廟，看到一家酒店前，堆滿著喝空了的黃酒罈子。我說，就在這家吧。

我們走上了酒樓。

大衛是個英國人，我和他的共同點是：我們都迷戀於榮格，尤其是榮格的「共時性原理（Synchronicity）」。簡言之，我們不相信偶然性，一切表面上看似偶然的東西，背後都存在著一種「命運的設計」。

Synchronicity 的意思就是「有意味的巧合」。

當一種有意味的巧合到來時，一個人就走到了命運的拐點。

大衛和我都喝得有些微醺了，我們走到陽台前，正當我要為大衛拍照時，我被眼前的一幕愣住了：我們喝酒的酒樓正對面——這條街是如此之窄，好像一伸手就可以摸到對面的門牌——方浜中路一百號。

哦，這正是我童年居住過的地方。

旁邊的房子已經拆掉了，變成一座進入老城的門樓。

大衛瞪大著眼珠說：「就像莎士比亞的故居。」

我穿著拖鞋，走在濕答答的斯德哥爾摩老街上，彷彿正走回童年。

⓫ 貝嶺記事：「我和一梁下了挪威航空公司從紐約至斯德哥爾摩的班機（往返五百零五美元），兩人再花一百九十八瑞典幣（三十多美元，三十五分鐘車程）乘機場巴士抵巴士總站，再拖著行李穿過小雪，零下五度的老城鬧區，步行二十分鐘，抵達 Hostel 旅社。我倆洗過澡，煮了一鍋粥（波士頓帶過來的米），吃過從紐約法拉盛中國食品店帶來的燒餅及韓式辣白菜後，上網，進入工作。這家旅社（我們住到9日午後）電話為： 0046-8411-95-45（只允接電話兩分鐘），9日搬至另一處。

三十四

弗洛伊德說：「小事憑理性，大事靠直覺。」

維特根斯坦和卡夫卡其實都是理性的人，只是走到了理性的盡頭，才看到了一個只有通過直覺才能看到的世界。

而直覺，唯一能見證直覺，也只有實現直覺價值的就是行動。

我是到了斯德哥爾摩後，才知道我將和眾兄弟們一起裸奔。

是老貝將我從紐約召喚到波士頓，再將我帶回紐約上了飛往歐洲的飛機[11]。

我猶豫了一下。

好吧！那就一起奔吧。

現在，我唯一擔心的是會不會摔倒，在還沒有裸奔前，就摔倒在濕答答的斯德哥爾摩老街上。

老廖已經摘下了眼鏡，我也摘下了，只有老貝還戴著。一個平時戴慣眼鏡的人，如果突然摘下了眼鏡，世界看上去也會突然失去真實。

但為了裸奔成功，那就必須提前摘下眼鏡，現在就對這個世界開始慢慢地習慣起來。

三十五

2001 年，我在蘇北勞教農場種地，和同組的另外三個人種十三畝地。

靠海的農場，寒風凜冽。在零下八度的田裡，我赤著膊，對著一塊冰土，舉起手中的釘耙，狠狠地掘下去。

冰土動也不動。

警察隊長小王皺著眉頭說：「看來得去聯繫一輛拖拉機，一下子就可以把地扒開了。」

不管出不出工，我每天都在操場的水龍頭前洗冷水澡。

更多的時候出去洗澡，是為了打發寂寞的時光。

快過年了，見我又要出去洗澡，小王隊長說：「你可不要摔跤哦！」

那時候，我的眼鏡壞了，戴著的是一副用各種原始手段裝備起來的眼鏡。

哦，我終於沒有摔倒，跟著小孫和他的瑞典朋友，走進一家燈火輝煌的商場。

三十六

2013 年 7 月 19 日。

香港，中華人民共和國外交部駐香港特別行政區特派員公署，外國人簽證處。

我把美國護照和我母親、妻子[12]的醫院證明遞進窗口。

工作人員把醫院證明遞還給我，大聲叫道：「你出了這麼大的事情，還來這裡辦簽證？」

她翻到我的美國護照被舊金山領事館拒簽的一頁了。

「為什麼你要來這裡辦簽證？」

我說：「根據你們的條例，如果有特殊情況，可以在香港簽證。」

我把我在香港的結婚證明書遞上。

「我昨天在香港結婚了，而我的新婚妻子現在鼻咽癌復發，我要去中國陪她。」

她把我打發到「值班領事」的窗口。

一個「值班領事」跑了，又來了一個打發我。

我對第三個領事說：「你是總領事嗎？」

根據經驗，當然是越晚到的人官銜越大。

---

⑫ 指王一梁當時的妻子晉逸，獨立中文筆會會員，後離異。

他說：「不是，我和前面的兩個人一樣。」

「我母親和我妻子病了，我要去中國看她們。」

此人姓羅，他說：「這沒有用，我們有自己內部一套規定。你的材料我看了兩遍，真的不行。」

我說：「你比前面兩個人客氣，那麼你能否告訴我，我怎樣才能去中國？」

羅領事說：「等你達到了一定的標準後。」

這是一個怎樣的雙重標準？指望會有中國的辛德勒嗎？

去見鬼吧！

孟煌、老貝和我走進商場的電梯。

瑞典朋友用腳擋住了電梯的門，我們三個人赤裸著站在電梯裡。

三十七

我喜歡長跑，當年，我是以「長跑健將」身分進入復旦大學附屬中學文體班的。

當然，這裡有我的班主任一番美意所在。同時和我一起進入附中的另有兩個同學：上海市小學生長跑比賽男子第二名和女子第一名。

我喜歡長跑。

當我還是一個小學生時，星辰寂寥，我便開始在體育場上奔跑。

我從來相信：一個人如果沒有真正思考過、或者意識到一些問題的話，這人一定讀不懂他後來所讀到的書。

長大後，當我讀到康德的「二律背反」、帕斯卡爾的《沉思錄》，我立即喜歡上！因為其中許多問題，都是我少年時代在操場上跑步時所想的問題。

一場出乎我意料之外的裸奔終於開始了。

三十八

老廖跑在第一個，老貝緊跟而上，我殿後。

從電梯跑到大廳，有幾層樓梯。

老廖一躍而上，老貝精神抖擻地在我的前面健步如飛。

大廳裡的燈光雪亮。大廳中央，靠大門口的地方，放著餐桌，桌上正坐著幾個吃快餐的人。

「O,My God ！」一個胖女人驚呼道！

而我已快步躍過身旁一個正在吃著東西的苗條女郎。

外面漆黑一片，而廣場對面的音樂廳，燈光輝煌閃爍。

我奔跑到廣場。

兩團白乎乎的東西，在我的眼前晃動。清冽的空氣中，傳來老廖的大吼聲：「啊！啊！」

人們害怕，是因為遇到自己不熟悉的東西，而這一聲大吼卻是我熟悉的。

老廖曾對我說：「除了一聲冰天雪地裡的大吼外，兄弟們只是往前走！只要有一個人奔上音樂廳，就是勝利。」這一聲，我想像中熟悉的聲音，我聽到了。但廣場並不如我相信的那麼寒冷，也許這是因為我正在奔跑，而且奔跑得太快。

眼前的一根鐵鎖鏈擋住了我。

我正想以一個跨欄跳的姿勢一越而過時，看到老貝把鐵鎖鏈往上一挑，一低頭就穿過了封鎖線。我趕快亦步亦趨，一低頭，也穿了過去。

三十九

穿過兩旁的汽車，我奔到一片開闊之地。

我看到老貝又穿過一條鐵鎖鏈，正當我想撩起鐵鎖鏈時，被一隻堅實的胳膊攔住了。

這是斯德哥爾摩的警察。 他用粗壯的手臂圍住了我的脖子。

這本來就是一場憤怒的遊戲，一場最溫和的和平抗議。我按老貝的吩咐，舉起了雙臂。

人類學家曾經考證：為什麼人們見面時要握手？這是向對方表明：我的手上沒有武器。榮格對此問題的看法更是細膩與精湛，他寫道：中國人見面是拱手、鞠躬。鞠躬，這個身體語言表示：我把身體、包括頭都低伏在你的面前，你只要一踹腳就可以把我踢翻在地，我對你是沒有任何防範的。

我這個赤身裸體的人，有什麼可以讓你防範？

但我還是在瑞典警察面前舉起了雙手。

同時，我也想笑。

雖然，我生活的舊金山是禁止跳裸體舞的，但脫衣女郎在脫下一切衣物之後，最終都會保留腳上那雙高跟鞋。這時候，按法律，你總不可以說她是全裸的吧。

寒風中，穿著老廖從柏林買來送給我的這雙已被地上的雨水浸透了的厚襪子，我在竊笑。

四十

幾個想乘電梯上樓前往百貨公司的女顧客，看到三個赤裸的男人一本正經地正站在電梯裡，靈魂出竅般傻了眼，呆掉，不敢上電梯，轉身……淑女們邊走邊看，急忙從我們眼前迅速走過去。

瑞典朋友繼續用腳擋著電梯門，開始打電話。

儘管用的是瑞典話，我能猜到，他正在和孟煌一路說：「我們這裡就要開始裸奔了。」

這只看似垃圾袋的大塑料袋裡，裝滿了我們的衣服、鞋子，包括我們的護照。老貝最後也把他的眼鏡塞到了這只已沉重不堪的塑料袋裡。

小孫出現在電梯門口，朝著電梯裡的我們拍照。

一切按預演中的進行。

但就在我們要奔出電梯時，這才發現我們還在地下室，而奔跑到廣場最近的路線是一樓。

電梯在上升。

四十一

我不能原諒自己的是通過理性所犯下的過錯，我把這叫做「愚蠢的算計」。而我對於自己在激情衝動中所下的最後選擇，不僅早就原諒了自己，而且對我已走過大半生的今天，更是呵護尤加。

我始終認為，只有直覺才是一條通向終究屬於自己的命運之路。而直覺，卻又總是暗淡如天上的寥寥晨星。

斯德哥爾摩的夜色來得這麼早，我不在乎這時候是否有星辰，即使天空已經放晴。

老廖大吼一聲，衝出去了。

老貝的前胸貼著劉霞的照片，後背貼著劉曉波的照片，也衝出去了。

老貝曾建議我，也貼上這兩張照片。他印了一大疊的照片，並付了我的機票錢，我們一起從紐約飛到了斯德哥爾摩，既然是裸奔，我甚至連襪子也不想穿。

而此時，我穿著襪子，在潮濕的廣場裸奔！

緊跟著前面兩個男人的光屁股，我也光著屁股在飛奔。

這是多麼美好而激情洋溢的裸奔啊！

從亞當到夏娃的失樂園，從艾未未、嚴力的紐約世貿中心裸照，其實，所有的裸體和裸奔都不稀奇，裸，本來就是一切動物和人類的原生模樣。

老廖已經奔到音樂廳的最後第三格台階了，再衝幾步，就可以見到國王和王后了。

這是多麼讓全世界震驚的一刻！

正當全世界眾多的媒體以及記者們都聚焦在國王和王后衣冠楚楚的諾貝爾頒獎典禮的當下時，突然，一個個光著屁股的人闖進了鏡頭。

這是一個多麼歡快的的回憶！

我將告訴我後代的後代：這一天，你爺爺的爺爺們，嘲笑並且顛覆了所有的權威！

四十二

世界的具象就在我的眼前，我只是臨摹我所看到的東西。

波普爾（Karl Raimund Popper）說：還有一個第四空間，這是人類所創造出來的另一個空間——知識空間。這個空間否定了孔子所說的「生而知之者，上也；學而知之者，次也。」

學而知之，不如生而知之。

人除了自己的生而知之外，還需要學習。

當我第一次吃到韓國菜時，終於知道為什麼中國菜博大精深。因為真正的知識都只可能來自於直接經驗，菜譜就是見證。

在拘留所裡，穿著類似傣服的孟煌，正在我們的面前晃來晃去。

他把座位讓給了我，所以只好赤著腳、瀟灑地在玻璃窗前走來走去。

這是他的「二進宮」，他以過來人的口吻說：「這個地方其實是醒酒所，等酒鬼醒來後，就會把他們放了。」

接著，我們開始為了寧願去上法庭，還是接受罰款展開討論。

本來以為這一裸奔，只是在風裡一展示，就可以瀟灑地走了，誰會想到可能會有不可預測的官司纏身呢？

四十三

我只看重二千年前的哲學家寫下的作品，因為那時候的哲學家又富裕又有空閒，他們有的是精力、時間去遐想與設計人生。

別以為二千年前很遙遠，人是一代又一代生下來的。柏拉圖的困惑就是我們的困惑。他坐在高高的智慧山上，他低下的頭顱不是在想如何製造原子彈，他思想的是我們如今稱之為的「哲學」。

一代又一代的人，哪怕過去了幾千年、幾百年，哪怕人類的智慧已經堆積成山，每一個人都是從空白處開始的：從童年到少年，到青年，再到成年，最後，到死！

在斯德哥爾摩的監獄裡，反正有的是時間。我們開始認真討論：去法院呢？還是罰款？

四十四

老貝絕不同意去法庭，那意味著我們將待在斯德哥爾摩，回不到美國。

老貝太忙了，他的記事本上寫滿每天要做的事情。

老貝寧願罰款。

老廖沒有這樣一個記事本，他只是憑著記憶，記著哪一天要去見德國總統，哪一天又要去和德國總理默大媽聊聊中國；甚至，哪一天能獲得諾貝爾文學獎？還有，哪一天孟煌又來蹭飯了，他要去廚房做麻婆豆腐。但他也願意接受罰款，理由很簡單：做成一件事情總得付出代價。

只有我和孟煌願意節外生枝。

孟煌在我的面前晃來晃去。

我問：「怎麼錢生錢？也就是說：我們怎麼交這筆罰款？」

孟煌笑嘻嘻地說：「羊毛出在羊身上，既然貝嶺付飛機票錢將你運到這裡，他就得再付罰款將你保出去。」

四十五

2013 年 12 月 11 日，斯德哥爾摩青年旅社會議廳，一過九點，被「黨」禁止裸奔的王主席發出「起床！」令，記者會將於十一點召開。

四位裸奔獲釋者睡眼惺忪，顧不上喝粥，開始搬桌移椅，趕至旅社的孫晟和倫納特則開始用手機逐一確認將抵達的瑞典及國外媒體記者。

像往常一樣，九、十點鐘時，我躲在廚房裡忙了起來。

「老貝，還做粥嗎？」

老貝跑了過來說：「不用了。」

「為什麼？」

這時，孟煌在一旁說道：「今兒老貝高興，不想喝稀的，要吃乾的！」

大概來了近十位男女，都是金髮碧眼，攝像機、錄音機、三角架，加上扛器材助理，還有我們七位，偌大的旅社會議廳還是塞不滿。

瑞典人好像都會講英文。貝嶺從波士頓帶來的劉曉波、劉霞黑白生活照，這下子都用上了，他指揮我們鋪滿了整個會議廳，搞得像是在舉辦攝影展。

記者會，這是老貝最擅長的。在紐約我聽到過有關老貝用「貝式英文」對著記者侃侃而談的傳聞。據說，有一次面對《紐約時報》記者的提問，他的回答讓記者不知所云，最後，蘇珊・桑塔格出面救急應對[13]。

幸好有孫晟助陣翻譯，老廖細陳「裸奔」起因。老廖對著瑞典文學院將諾貝爾文學獎頒給莫言火力全開，「機槍」主掃漢學家院士馬悅然，說是他主導將獎頒給中共官員的小說家莫言，是向中國統治者獻媚取寵。最後，老廖將英譯〈裸奔宣言〉送記者一人一份。

⓭ 見《在土星的光環下：蘇珊・桑塔格紀念文選》（貝嶺等著，傾向出版，2007）。

老貝則從頭到尾陳述劉霞在北京的不幸遭遇，以及劉霞的詩人身分，似乎千里來此裸奔的主訴求，就是讓瑞典文學院反省頒獎給莫言一事上的道德缺失。

我注意到，劉霞長期被軟禁在家的細節，讓記者們聽得心有戚戚。

次日一早，孫晟來電告之，瑞典報紙及所有電子媒體上，裸奔者照及裸奔報導上了頭版。因裸奔效應，報導分析大都聚焦於兩大主題，莫言獲獎中的道德爭議與劉霞、劉曉波夫婦的囚禁遭遇。同時，版面上亦有對漢學家院士馬悅然的採訪，老馬手持菸斗的養眼照也很醒目，他不僅為莫言獲諾貝爾文學獎辯護，而且對我們四人的裸奔極盡嘲諷。

瑞典文學院一下子成了討論焦點，可算是眾矢之的？

四十六

在斯德哥爾摩市警察局拘留所拘留期間，高頭大馬的警官以英文向四位裸奔被拘者提供了三種可能的處罰方式。

1、四人接受瑞典警方以「妨礙公共秩序」之名，每人處罰款八百克朗，款付，人即可離境，可未來八年可能不得再入境瑞典。

2、拒交款，不得出境，以「有傷風化」等罪名上法庭，一旦進入法庭程序，我們需自請律師，亦須滯留瑞典等待庭審，共約四個月。

3、如果法庭認定四人裸奔無罪，亦將被驅逐出境。

貝嶺以「會長」之「尊」當即正告警方：

1、罰款是不可能付得出的。

2、我們寧可通過翻譯在法庭自辯，也不會花錢請律師。

夜靜，年輕女獄警邊看押著我們邊笑，我們四人則一下子陷入茫然無措中。

既來之則安之。

我們連夜討論起這四個月在斯德哥爾摩如何租房住下來打官司的事了。

怎知，才十一點半，斯德哥爾摩市政廳的諾貝爾獎獲獎人慶賀晚宴恐還未散席，突然，一位警官打開牢門，向我們宣佈：無罪獲釋，即刻走人。

我們四人面面相覷，斯德哥爾摩市警局的這一決定，和他們先前的說法反差也太大了吧！

貝嶺這時反而向警官要求：「黑燈瞎火的，我們身無分文又衣衫俱無，能否留宿獄中一晚？」

當然，總不能讓我們再裸奔回青年旅社吧。半小時內，獄門發出開鎖聲，兩位女獄警抱著兩大黑塑膠袋走入……

孟煌盯著女獄警向老廖小聲嘀咕:「怎麼女獄警都是警花級別？」

老廖目不轉睛，沒好氣地回了一句：「這有什麼不好嗎？」

女獄警將大黑塑膠袋置地後宣佈：「四位的所有衣物均已被善心人士尋獲並送至市警局，請各位穿上，外面有車接，你們都獲釋了。」

我們未獲收留，非走不可！

走出燈火通明的斯德哥爾摩市警局，已在「獄門」外備車迎候我們的孫晟和倫納特，喜不自勝，一付大功告成的樣子。

他們向我們細述了今晚——外部世界的信息。

諾貝爾獎頒獎典禮和晚宴，因為年復一年舉辦，早已成單調新聞，不想天外飛來四裸者，竟夜奔頒獎典禮大廳，其訴求還是另一位獄中諾貝爾獎和平獎得主，這一下燃起媒體和社群平台火熱的話題。

四位裸者奔馳、並在頒獎的音樂廳外被警方撲捕的實況畫面，反覆出現在當夜的瑞典電視台、廣播電台和社群媒體，亢奮的主播和驚喜交加的新聞評論員，都在談論把諾貝爾獎頒獎典禮變成抗議「鬧劇」的四位裸奔者。

很快，這四位裸體「恐怖分子」的身分、背景，被逐一起底，令瑞典人震驚的是，裸奔者竟是德國書業和平獎得主、筆會會長、知名藝術家和來自美國的流亡作家。

孫晟和倫納特邊開車邊分析道，瑞典警方恐還查出了你們中多人有坐牢紀錄。來者不善，善者不來，估計還想在瑞典再坐坐牢，這樣下來，這聖誕前後的瑞典新聞會被你們四位包了。接著，再庭審實況轉播，如果還有任何罰款勞役懲罰，無法離境下，老廖頂著德國書業和平獎得主名號，每天在斯德哥爾摩街頭吹簫賣唱、孟煌則提著折疊椅，在觀光區吆喝遊客畫肖像，老貝、一梁若再從旁托缽籌罰款，在斯德哥爾摩住下，恐比諾貝爾獎還熱鬧。

警方機靈，伺候不起，更不能讓你們得逞！

立即釋放！

四十七

這場裸奔，其鋒芒蓋過了諾貝爾頒獎的所有儀式，這讓瑞典文學院極其惱火。最後，裸奔者無罪釋放，我們悵然若失。

裸奔能成就劉霞的自由嗎？

12 月 11 日，獲釋後次日，是瑞典筆會（Svenska PEN）年會及瑞典筆會成立紀念日。貝嶺突然收到瑞典筆會國際秘書烏拉·瓦林（Ola Wallin）寫來的 email，邀他參加當晚的年會，並說瑞典筆會會長烏拉·拉斯莫（Ola Larsmo）和瑞典筆會理事們都期待見面。

好玩的是，烏拉．瓦林在 email 信中申明，這一邀請和瑞典文學院無關，他還特別提及大名鼎鼎，亦是瑞典筆會會員的瑞典文學院常務秘書「彼特．英格隆德（Peter Englund）不會在場——因他從未參加過年會」，好像瑞典筆會擔心英格隆德在場會和貝嶺吵起來似的。

⓮ Dear Yu Zhang,Yes, I remember your visit last year. And yes, it is the same place as last year： Tryckerivägen 4.Welcome!Ola

我記得年年10月在電視上看到的英格隆德，作為瑞典文學院的頭兒，每年的諾貝爾文學獎公佈日，都由他在記者會上宣佈獲獎作家。

老貝說，瑞典筆會助獨立中文筆會甚多，要去親謝！

他是會長，當然得去，他請我們一起去。我有社交恐懼症，見陌生人素來緊張，正式場合尤甚，當即敬謝不敏。

其他三位都願意前往。所以，貝嶺致電住在斯德哥爾摩的獨立筆會常務秘書張裕，請他寫信詢問烏拉・瓦林，另外三位——前政治犯王軍濤博士、作家廖亦武和藝術家孟煌可否一並前往？

烏拉・瓦林迅即回信歡迎[14]。

傍晚前，他們忙著洗澡、換衣，弄得像是去相親似的。

七點不到，「迎賓車」到，看著他們魚貫鑽入車內，我鬆了口氣。終於，可以弄點酒菜，一人獨酌了。

午夜前，他們帶著酒氣回來，開始七嘴八舌向我描述瑞典筆會Party的情景。

車子開往市中心老城旁著名的騎士島（Riddarholmen），記得孫晟告訴過我們，由斯德哥爾摩火車總站向南步行約十多分鐘，穿過老城便可到達。這是斯德哥爾摩仍留有中世纪街道的區域，有斯德哥爾摩最古老教堂之一的騎士島教堂，亦稱皇家大教堂，教堂內有歷代王室墓葬。孫晟還說，在騎士島碼頭還可以欣賞梅拉倫湖[15]、遠眺斯德哥爾摩市政廳，建議我們一定要去。

可我們這次都荒廢在裸奔上，來了多日都未能如願。

車抵騎士島上的諾斯特出版公司（Norstedts förlag）大廈，一幢寧靜的斯堪地納維亞式建築矗立於前；入內，長弧形大廳吊燈高高懸著。北歐，冬日，七點多已如深夜，然建築內卻是歡聲笑語。瑞典筆會年會年年都在此舉行。

諾斯特出版公司是瑞典最古老的出版社，也是瑞典最大的出版社之一，它於1823年創立。

---

⑮ 梅拉倫湖(Mälaren)位於瑞典東部，水域面積一千一百四十平方千米，水深六十四米，是該國第三大湖。

年會將完，五十多位會員隨會長烏拉·拉斯莫和國際秘書烏拉·瓦林分列巨型餐桌兩旁，用瑞典文高聲說著「歡迎！歡迎！」接著一陣笑聲，有人還舉著有我們裸奔照片的當日報紙，上下打量著突然出現會場的四位，那眼神和眼角的譏意或笑意，彷彿四位才從裸奔現場直抵會場。

他們是在歡迎四位「英雄」，還是四個「活寶」？

這真是尷尬，不知怎麼和笑成一片的瑞典作家們解釋。

總之，這件「皇帝的新衣」已經加身，身上的冬衣簡直是贅物。

瘦高瀟灑的國際秘書烏拉·瓦林向與會者介紹起他們。當他介紹到軍濤時，特意以王軍濤的哥倫比亞大學政治學博士稱呼，可當他再說起軍濤在中國曾因「顛覆政府罪、反革命宣傳煽動罪」被判刑十三年時，引起一陣驚呼。

接著，他介紹老廖，瑞典筆會會員們似乎都已知道他在去年得了德國書業和平獎。烏拉·瓦林說起廖亦武因寫了一首長詩《大屠殺》而被判「反革命宣傳煽動罪」入獄四年時，又是一陣驚嘆。

看來，養尊處優的瑞典作家們這一生從沒見過坐這麼多年牢的中國人。

瑞典筆會會長烏拉·拉斯莫，按貝嶺形容，長得既像酒窖老板，又像經院學究。他略帶靦腆，致上簡短的歡迎辭，隨後便介紹在場的筆會理事及各理事的文學背景和職業。接著進入主題，烏拉·拉斯莫會長和貝會長用英語攀談起昨晚的「裸奔事件」，他不太認可作家裸奔，認為若要抗議瑞典文學院，現場舉王牌即可。國際秘書烏拉·瓦林則說了瑞典筆會最想說的話：「裸奔」作為抗議方式太老舊了，在瑞典，裸體並不驚世駭俗等等。

貝嶺和軍濤則用英文「反擊」並力陳，如果我們不以裸體犧牲，只在現場舉牌抗議，除了老舊無害，恐引不起丁點媒體關注。

看來，彼此誰也說服不了誰。

老貝穿梭在瑞典筆會理事和會員間，不斷加入他們各陳見解的談話，瑞典語、英語交雜紛錯，如大珠小珠落玉盤，眾人交相論辯裸奔、瑞典文學院的對錯，說到興頭還手舞足蹈。

酒過三巡，結論無它：為了讓這個世界的權勢正視，那怕只是片刻，非得來斯德哥爾摩不可！非得裸奔不可！非得犧牲色相不可！對不起，此處筆誤，應是：非得穿上「皇帝的新衣」到國王家門口不可！

最後，老貝舉杯，除了感謝瑞典筆會冒著冒犯國王、冒犯瑞典皇家學院、冒犯瑞典文學院的危險，執意邀請四位「裸奔犯」與會歡聚外，他更感謝瑞典筆會多年來力助、支持獨立中文筆會，捍衛作家創作自由及資助獄中作家的道義作為。

他們興奮，我聽著。

我不得不承認，老貝絕對是個外交家。

尾聲

裸奔成為事件，在瑞典文化界引發海嘯般的熱烈討論。

12 月 11 日和 12 日，瑞典國家電視台(Sveriges Television AB，SVT)晚間七點的文化節目公佈了馬悅然(Göran Malmqvist)院士激烈批評裸奔者、德國書業和平獎廖亦武和裸奔支持者、知名中國藝術家艾未未的兩封信。

馬悅然在信中對「裸奔」極盡嘲諷。

馬悅然院士作為莫言獲諾貝爾文學獎的催生者和捍衛者，披掛上陣，從和裸奔者間 email 信件上的唇槍舌劍，到親上電視文化節目為莫言獲諾貝爾文學獎一事辯護。他口叼菸斗，風度翩翩，更因無役不與，似成了瑞典文學院的發言人。

一時烽煙四起。

12 月 13 日，瑞典最具影響力的報紙《每日新聞報》(*Dagens Nyheter*)文化版，刊出了記者對貝嶺的專訪〈詩歌是通向自由的鑰匙〉[16]，老貝在專訪中強調了裸奔的訴求和呼救：讓劉霞自由！讓劉曉波獲釋！

---

⑯ https://www.svd.se/poesi-en-vag-till-befrielse

該報使用了貝嶺於2011年12月首訪瑞典時，於12月4日前往該年的諾貝爾文學獎得主、瑞典詩人托馬斯·特朗斯特羅默（Tomas Tranströmer）家中拜訪他的照片。

裸奔也是通向自由的鑰匙！

12月13日晚七點，瑞典國家電視台文化節目以「裸奔事件」作為文化焦點，討論瑞典文學院對中國現狀的立場。除播出訪談貝嶺的內容外，出版《劉曉波文選》的瑞典威萊爾出版社（Weyler Förlag）創辦人斯旺尼塔（Svante Weyler）直接在該文化焦點單元節目現場為「裸奔」辯護，他直指馬悅然院士的措辭過於陰損，有失長者風度，恐間接為中國政權的所作所為張目。

該文化焦點單元以背景畫面反覆呈現12月10日傍晚，我們四人在諾貝爾獎頒獎典禮現場外裸奔抗的畫面。

瑞典文學院內部的爭論也漸浮現。

12月24日，貝嶺收到瑞典筆會國際秘書烏拉·瓦林發來的重要email，瑞典文學院常務秘書彼特·英格隆德和諾貝爾文學獎評選委員會主席、國際筆會榮譽會長佩爾·韋斯特伯格（Per Wastberg）細閱了全文，並在參與修訂後，願意共同聯署這篇為瑞典《每日新聞報》撰寫的長文〈我們為劉霞呼籲〉，並以多語言譯本在多國媒體上聯名刊發。

瑞典文學院明確表示了他們對劉霞和劉曉波的關注與支持。

烏拉·瓦林代表瑞典筆會促成了此一歷史性事件！

這是瑞典文學院歷史上的首次政治表態。

也是最為重要的政治表態。

我們不枉此奔！

終稿於布拉格青年旅社地下室
2014年1月12日黃昏

貝嶺增訂　2022年1月

Event Documentation

Ⅲ 事件文獻

裸奔宣言[1]

我們以赤裸的方式，來這裡奔跑，因為這裡曾經是言論審查的堅定捍衛者、共產黨高官作家莫言被授予諾貝爾文學獎的地方。

我們以此提醒這個健忘的世界：還有一個言論審查的堅定抨擊者，天安門大屠殺的見證人，叫劉曉波，也是諾貝爾和平獎得主，被判十一年徒刑，如今在監獄裡。

我們以此提醒這個健忘的世界：還有一個優秀的藝術家，叫劉霞，對政治毫無興趣，僅僅因為她是劉曉波的妻子，就被軟禁至今。

我們以此提醒這個健忘的世界：還有一個普通的北京市民，叫劉輝，對政治毫無興趣，僅僅因為他是劉曉波的妻弟，向外界傳遞了少許家庭信息，就被國保當局羅織「經濟罪名」，獲判與劉曉波同樣長的十一年刑期。

我們以此提醒這個健忘的世界：迫害仍在繼續，劉霞面臨精神崩潰。按照中國現行法律，雖然嫁給一個囚徒，但她本人不該是囚徒，她需要自由的空氣治癒內心的創痛。

我們以赤裸的方式，來這裡奔跑，是因為發生這種駭人聽聞的政治株連之際，共產黨的宣傳機器，借助於瑞典學院的頒獎，高調發動起來，人類普世價值受到前所未有的挑戰。自 2012 年冬末以來，無數良心犯被投進監獄，西藏人自焚已達到一百一十二起。在恍若隔世中，劉霞哭喊道：「都是諾貝爾獎得主，為什麼待遇這麼不一樣啊？」

廖亦武　作家，前政治犯
貝　嶺　詩人，前「非法印刷出版」嫌犯
孟　浪　詩人，編輯及出版人
王一梁　作家，前政治犯
王軍濤　政治工作者，前政治犯
孟　煌　畫家

2013 年 12 月 10 日

❶ 該宣言由廖亦武執筆。

與六四亡靈一起裸奔

廖亦武

斯德哥爾摩的廣場
去年是雪，今年是雨
夜幕降臨很早，還有來自北冰洋的陰風
我們突發裸奔，猶如被六四亡靈附體
四個喉嚨發出中彈的長嚎
劉霞我來了——那個單純的藝術家，叫孟煌
脫下衣褲，射出去
貝嶺、一梁和老廖，也射出去
猶如四隻箭
猶如被偉大的祖先老子反覆詠歎的
一絲不掛的嬰兒

嬰兒如水
渴望回到母親胎宮
嬰兒如草
渴望如春日覆蓋大地
在泥土之下，躺著另一些了不起的祖先
莊周、屈原、李白、劉伶、阮籍
還有被流放到海南島的蘇軾
都曾裸奔於遠古的河岸，在昏聵的世道
高貴的肉體如眩目的閃電
刺穿權貴把玩的歷史
然後如歌如泣地遠逝

Streaking with the Spirits of the Dead of June 4th

Liao Yiwu

The square in Stockholm
Last year snow, this year rain
Night falls early, and there's a chill wind off the Arctic Ocean
Abruptly we begin to streak, as if possessed by the spirits of June Fourth
four throats howl as if hit by bullets
I'm coming, Liu Xia – the simple artist, Meng Huang
stripping off, shooting off
Beiling, Yiliang and old Liao also shoot off
like four arrows
As if the naked newborns
repeatedly intoned by that great forefather, Laozi

A newborn is like water
thirsting to return to the mother's womb
A newborn is like grass
eager to cover the land like a spring day
Under the earth lie other breathtaking ancestors
Zhuangzi, Qu Yuan, Li Bai, Liu Ling, Ruan Ji [1]
and Su Dongpo, an exile on Hainan Island
All streaked on the river bank of long ago, in the morality of the day
their noble flesh like dazzling flashes of lightning
piercing the history toyed with by the powers that be
then passing away like a song, or a sob

❶ Liu Ling and Ruan Ji are members the "Seven Sages of the Bamboo Grove", scholars, writers and musicians renowned for their dissolute ways in the 3rd century CE;

泥土之下，還躺著這個時代
被打死、餓死、運動而死的數千萬亡靈
至今得不到安息
如果「六四」近三千亡靈還活著
和我們的年紀差不多

他們被解放軍射殺了
波濤般起伏的彈洞
在我們的胸膛漸漸生銹
天老爺啊天老爺啊。他們的驚呼
至今在我們的舌尖打轉
他們脫下軀殼，如脫下血衣
他們的亡靈發白
如雪花紛紛飛揚

我們和亡靈一起
紛紛揚揚地裸奔

亡靈比我們跑得更快
亡靈甚至比斯德哥爾摩的雨和雪
跑得更快
當去年和今年
瑞典警察抓住我們，按翻在地
在頒獎音樂廳前拖出幾道印痕
脫逃的亡靈卻已衝進大門，盤旋在
瑞典學院評委們的頭頂
抗議、抗議、我們抗議

This age also lies beneath the earth
the spirits of millions beaten, starved, campaigned[2] to death
to this day not finding rest
If the three thousand dead of June Fourth still lived
they'd be about our age

They were shot by the Liberation Army
bullet holes undulating like waves
slowly rusting in our breasts
Lord above, o Lord above. Their cries
still roll off our tongues today
They shed their shells, as one would strip off bloody clothes
Their spirits whitened
whirling up in succession like snowflakes

Together with the spirits of the dead
we streak in a swirl

The spirits run faster than us
They even outpace
Stockholm's rain and snow
When last year and this
the Swedish police caught us, pushed us down to the ground
leaving traces of being dragged before the Prize Award Concert Hall
the fleeing spirits instead charged the entrance, circling above
the heads of the judges of the Swedish Academy
Protest, protest, we protest

---

❷ As in the numerous political campaigns that roiled China after 1949.

亡靈代替大屠殺倖存者抗議
一個毛澤東的奴才
一個言論審查的辯護士
一個沒聽說中國監獄有政治犯的怪物
莫言得獎。抗議、我們抗議
發抖的亡靈豎起看不見的中指

當第三次出獄的劉曉波
寫信讓廖亦武「與亡靈共舞」
諾貝爾和平獎還沒抵達天安門廣場

人類的健忘
宇宙的黑洞
苦難的中國
蛀蟲吃掉的書
在孔子的歎息中湧向天邊的路
而一瞬之裸奔
如閃電、如流星
我們被鎖進瑞典監獄
如閃電和流星被鎖進宇宙的黑洞

為了被囚禁的記憶
為了九歲的呂鵬、十七歲的蔣捷連、十九歲的王楠
二十二歲的夏之蕾。他們都死於 1989 年六四凌晨
為了劉霞和劉輝，他們因劉曉波而精神崩潰
為了李必豐、高智晟、劉賢斌、許萬平、郭飛熊、許志永
譚作人、陳西、陳衛、王功權和新疆的亞辛

In the name of the massacre's survivors the spirits protest
a flunkey of Mao Zedong
a defender of censorship
a freak who's not heard of political prisoners in China's jails
Mo Yan taking the prize. Protest, we protest
the quivering spirits raise their unseen middle fingers

On his third release from prison Liu Xiaobo
wrote to Liao Yiwu bidding "dance with the spirits of the dead"
But the Nobel Peace Prize has yet to reach Tian'anmen

The amnesia of humanity
a black hole in the universe
Suffering China
books eaten by worms
surging toward a road on the horizon amid the sighs of Confucius
But [for] a flash of streaking
like lightning, like meteors
we are locked up in a Swedish jail
like lightning and meteors locked into a black hole

For imprisoned memory
For nine-year-old Lǚ Peng, seventeen-year-old Jiang Jielian,
nineteen-year-old Wang Nan
twenty-two-year-old Xia Zhilei, who all died on the morning
of June Fourth
For Liu Xia and Liu Hui, who suffer nervous breakdowns
because of Liu Xiaobo
For Li Bifeng, Gao Zhisheng, Liu Xianbin, Xu Wanping,
Guo Feixiong, Xu Zhiyong
Tan Zuoren, Chen Xi, Chen Wei, Wang Gongquan,
and Yassin from Xinjiang

數不清的政治犯
也是被囚禁記憶的一部分
一切都太老
如同裁判道德和文學的
挪威和瑞典
一切又太新
如同為囚禁的記憶而裸奔

公開、透明、真相
抗議、提醒、裸奔
非如此不可？
非如此不可！

亡靈沒有國界
亡靈每年和春天一起發芽
我們也和亡靈一起發芽和裸奔
在斯德哥爾摩。但願多年以後
在北京、平壤、拉薩、莫斯科
我們一絲不掛地抗議
不必像西藏人那樣自焚
也不必跑這麼快

我們微笑著抗議
太高太老的權威們微笑著辯解
謹慎地討論是否認錯
從古至今的亡靈通過活著的嘴
吐露「和平」
是的，只有彼此道歉才有「和平」

2013 年 12 月 21 日於柏林

innumerable political prisoners
all also a part in imprisoned memory
It's all too old
like Norway and Sweden
judging ethics and literature
And it's all too new
like imprisoned memory and running nude

Disclosure, transparency, and the truth
Protest, jogging memory, and streaking
Is there nothing else to be done?
Nothing else!

The spirits of the dead know no borders
They sprout each year with the spring
And we too sprout and streak together with them
in Stockholm. With hope in years to come
in Beijing, Pyongyang, Lhasa, Moscow
we'll protest without a stitch on
not needing to self-immolate like Tibetans
and not having to run so fast

We protest with a smile
Those too lofty, too old authorities justify themselves with a smile
warily discussing whether to admit fault
And through the mouths of the living the souls of the dead of
the past and today
speak of "peace". Yes
only by apologizing to one another can there be "peace"

December 21, 2013, in Berlin

(translated by Michael M. Day)

我們為劉霞呼籲[1]（公開信）

貝嶺（Bei Ling）／流亡作家，獨立中文筆會會長
彼特・英格隆德（Peter Englund）／瑞典文學院院士，瑞典文學院常務秘書
佩爾・韋斯特伯格（Per Wastberg）／瑞典文學院院士、諾貝爾文學獎評選委員會主席、國際筆會榮譽會長

劉霞的厄運來自諾貝爾和平獎頒給劉曉波博士嗎？2010 年 10 月 8 日，諾貝爾和平獎公佈之日當晚，她失去了自由。迄今，她被軟禁在家已逾三年。劉霞最後一次公開露面的畫面幾可定格，那是她的友人清晰描述的情景：2013 年 10 月初的某個下午，當她們在劉霞那門禁森嚴、便衣警察不時巡邏的（公寓社區）海淀區玉淵潭南路九號樓下呼喚「劉霞」時，她或許因聽到而打開寓所窗戶，站在窗前，遙望。友人向她招手並大聲地問她：「曉波怎麼樣？」

她在哭，她回答：「曉波是我們家情況最好的了。」然後，她望著被擋在住宅大門外無法上樓的友人們啜泣。

這簡潔卻令人心碎的回答，其中飽含太多的訊息。作為當今世界最著名的政治犯劉曉波妻子的劉霞，自 2010 年 5 月 26 日，劉曉波

❶ 該公開信中文刊發於 2014 年 1 月 10 日《德國之聲》（*Deutsche Welle*，DW）中文版、2014 年 1 月 18 日香港《明報》世紀版、2014 年 2 月 10 日台灣《自由時報》自由共和國版。德文本刊發於 2014 年 1 月 8 日《法蘭克福匯報》（*Frankfurter Allgemeine Zeitung,FAZ*）。瑞典文本刊發於 2014 年 1 月 14 日瑞典《每日新聞報》（*Dagens Nyheter,DN*）。英文本刊發於 2014 年 1 月 15 日英國《衛報》（*The Guardian*）。

從北京市第一看守所被移送至遼寧省錦州監獄服刑後，每月一次，劉霞再度開始從北京至錦州監獄五百公里的往返之行。每月下旬，劉霞由警車「護送」，偶爾以火車包廂式「看管」，在警方的「陪同」下完成這月復一月的探夫之旅。每次，只能與丈夫相聚半個小時。

就我們所知，在劉曉波獲諾貝爾和平獎前近兩年囚禁中，劉霞和劉曉波在會面開始時還能相互擁抱，甚至可以隔著桌子拉著手在獄警監視中對話。可是在近三年中，劉霞雖仍能每月探監一次，但過程受到警方嚴密的監控，獄警愈發頻繁地中斷他們的對話。除了問候及詢問劉曉波的身體狀況外，夫妻間已不能說更多，多數時間，他們只能彼此凝視對方。

兩年多來，劉霞一直無法當面交她寫給丈夫的信，之後，她轉托律師代交亦遭獄方拒絕。近三個月以來，甚至連律師申請會見劉曉波也遭攔阻。一年前的一次探監中，當劉霞想告知曾是文學批評家的丈夫，莫言獲得了 2012 年諾貝爾文學獎時，她剛說出「莫言」兩個字，獄警就切斷了他們的談話。所以，在獄中的劉曉波，既不知道莫言獲獎，也不知一直供予劉霞生活開銷、並負責傳遞劉霞及劉曉波有限獄中訊息的妻弟劉暉，已於 2013 年 8 月 16 日，被加之以商業「詐騙罪」，判處了和自己一樣長的十一年刑期。

而劉霞被「國家」特許每週一次由警車接送與父母及兄弟聚餐，亦因弟弟入獄而變得殘缺。近半年來，她除了要面對年邁的父母，還要安慰跟自己一樣受到丈夫入獄十一年遽變打擊的弟媳。

劉霞患了冠狀心病，且心絞痛不斷發作，但她不能自由就醫，無法得知自己的病況，更談不上必要的治療。令人堪憂的是，她失去了進食的慾望，不單是食慾消退，而是厭食，她僅能依靠書籍、香菸和紅酒，聊以打發孤獨無盡的時光。

2013 年 6 月，北京警方正式通知劉霞，她不能在中國舉辦任何個人攝影和繪畫展覽。作為一個藝術家，她畫的二十多幅油畫，只能秘密地擱置在友人處。她家中的電話及她的手機早已被切斷，她也不能上網收發電郵。她目前能做的，或許僅僅是一次次站在春、夏、秋、冬的寓所窗前，盼著再一次看到朋友在樓下和她招手。

劉曉波博士迄今已三次入獄，另有一次被國家以「監視居住」名義羈押八個月。最近一次自 2008 年 12 月 8 日開始，他被以「涉嫌煽動顛覆國家政權罪」判處有期徒刑十一年，再剝奪政治權利二年。

早在 1998 年，劉霞就曾以痛徹骨髓的詩句隱喻著前往東北大連探望再次入獄的劉曉波的經歷：

駛向集中營的那列火車
嗚咽地輾過我的身體
我卻拉不住你的手[2]

2013 年 4 月 23 日，劉霞因獲准旁聽她弟弟被起訴的法庭審訊而獲數小時短暫的自由，那天，她昭告世人：「如果別人說我自由了，告訴他們，我沒有自由。」

自 2013 年 6 月迄今，因為被長期軟禁在家，劉霞的精神和身體漸至可承受的極限；她正在失去描述自己狀況的能力。

我們迄今唯一可以看到的劉霞被軟禁前的最後影像，來自一段她為國際筆會獄中作家委員會成立五十周年而製作的錄影講話。2010 年 9 月 29 日，在日本早稻田大學舉辦的「為劉曉波自由而呼籲」活動中，這一錄影講話曾向逾千名聽眾播放。當時，聚光燈聚焦在劉霞那面無表情的蒼白面容上，她的聲音低沉、緩慢，會場上靜得令人窒息，與會者緘默。劉霞最後的一段話令人潸然淚下：

在 1996 年 10 月 8 日到 1999 年 10 月 8 日曉波被勞教三年期間，

❷ 出自《劉霞詩選》〈給夏洛特．薩洛蒙〉一詩（傾向出版社，2014）。原是描述猶太裔德國藝術家夏洛特．薩洛蒙，她在納粹大屠殺時，死於奧斯維辛集中營毒氣室。

我給他寫了三百多封信，他給我寫了二、三百萬字，幾經抄家，他的文字基本消失。

這就是我們的生活。

劉霞的處境令人極度擔憂。但她的不幸很容易被只關注著她身陷囹圄丈夫的國際社會所忽略。而由於患上了重度憂鬱症，她開始漸失生活下去的意志。這一切，讓我們懷疑她能否等到劉曉波出獄的那一天。

她需要這個世界伸出手來搭救她。

我們鄭重呼籲中國政府，立即無條件還劉霞以自由。這些自由包括：接聽電話的自由，接發傳真、上網及收發電郵的自由，外出購物的自由，去餐館吃飯的自由，隨時探訪父母及會見友人的自由，選擇醫生就醫的自由，與丈夫相互閱讀對方信件的自由，以及，在中國及世界各地舉辦攝影展及畫展的自由。

劉霞不是政治犯，她只是政治犯的妻子。所以，我們在這裡向國際社會發出呼籲，請不懈地在每一個可能和中國政府會談、見面、互訪的場合，籲請中國政府立刻還給劉霞基本的公民權利。

我們也籲求世人，盡一切可能關注她，為她呼籲，直到她自由！

（該公開信由貝嶺執筆）

編者註：

劉曉波（1955 － 2017），作家、評論家、人權活動家。2008 年 12 月 10 日，即《世界人權宣言》發表六十周年之際，與張祖樺等知識分子起草並聯署了一份中國人權宣言，即《零八憲章》。《零八憲章》除了提及促進中國民主化進程、改善人權狀況外，更提出以建立中華聯邦共和國來解決兩岸問題及各民族問題。曾參與 1989 年「六四學運」而入獄的劉曉波，因《零八憲章》於 2008 年 12 月 8 日再次被捕，並於 2009 年 12 月 25 日被中國政府以「煽動顛覆國家政權罪」判刑十一年。2010 諾貝爾和平獎得主；2017 年 7 月 13 日，因肝癌病逝於瀋陽醫院

劉霞（1961 －），詩人、攝影家。1996 年與劉曉波結婚，2010 年劉曉波被判刑、關押後，劉霞也因此在家中受到軟禁，身心狀況堪憂。2017 年劉曉波過世隔年，獲中國政府同意前往德國，目前定居於德國。台北當代藝術館曾舉辦劉霞攝影個展（2019），著有《劉霞詩選》（傾向出版社，2014 年）。

This is how China treats the wife of a Nobel peace prize winner [3]

Bei Ling, Peter Englund, Per Wastberg

Liu Xia's brief but heartbreaking response is rather meaningful. Liu Xiaobo, her husband, is one of the most well-known political prisoners today. Since he was transferred from the Beijing No 1 Public Security Bureau Detention Center to Jinzhou Prison in Liaoning Province in May 2010, Liu Xia made a long trip by train from Beijing to Jinzhou Prison and took a lot of trouble in order to visit her husband each month. The police officers accompanied her during her trip. Prison authorities permitted her to meet her husband for a half hour at most.

As far as we have learned, before Liu Xiaobo won the Nobel Peace Prize, Liu Xia could hug him at their meetings, even holding hands across the table during conversations under the surveillance of prison guards. Over the past three years, Liu Xia's visits, though still once a month, have been strictly monitored by the police. The prison guards frequently interrupt the couple's conversations. Besides general greetings and personal health, Liu Xia is permitted to talk little of other matters. During most of their meetings, they may just stare at each other through the barred window separating them.

In the past three years, Liu Xia has not been allowed to deliver her letters to her husband when visiting him. Liu Xiaobo used to be able to receive his wife's letters from his lawyers through her younger brother Liu Hui. Now, the prison simply returns the unread letters to her. During the past three months, his lawyer has even been refused visits with him.

In a visit a year ago, Liu Xia wanted to tell Liu Xiaobo that Mo Yan won the Nobel Prize for Literature in 2012. As the words "Mo Yan" slipped out, the prison guards broke up the conversation. Hence, Liu Xia cannot know whether or not Liu Xiaobo has learned about Mo Yan's win or not. He also does not know that Chinese authorities sentenced Liu

---

❸ The Guardian ,15 Jan 2014

Xia's younger brother, Liu Hui, to eleven years in prison for charges of "financial fraud" in June, 2013.

Chinese authorities allow Liu Xia only very limited privileges, such as a meal once a week at her parents' home. Besides her parents, it's hard for Liu Xia to face any other family because Liu Hui's imprisonment is widely understood as retaliation against him for helping Liu Xia and Liu Xiaobo.

Liu Xia's younger brother, Liu Hui, had financially supported Liu Xia and been a messenger between Liu Xia and Liu Xiaobo's lawyers for limited communication with Liu Xiaobo in prison over the last three years. The Chinese government's prosecution and imprisonment of Liu Hui made Liu Xia's situation worse and worse. She lost not only the financial support, but also the chance of connecting with her husband.

Last June, the Beijing Public Security Bureau issued an official notice forbidding Liu Xia from organizing photography and painting exhibitions in China. Liu Xia, an artist and poet, produced over 20 paintings, which are now in her friends' possession secretly.

In 1998, Liu Xia wrote this poem to describe her journey of reaching her second-time imprisoned husband at Dalian in northeast China:

The train runs to the concentration camp
over my body, sobbing,
but I could not reach your hand

Liu Xia once described herself as "a person of few tears". Although she is "extremely fragile", as she acknowledges, outsiders cannot easily detect such a quality from her. "Xiaobo is the best in our family" is Liu Xia's stoic reply. But her family reports that Liu Xia is exhausted and depressed after three years of isolation. She has lost her appetite and is totally depressed. Liu Xia is no longer "a person of few tears".

On 23 April 2013, when Liu Xia went to the court hearing of her younger brother's first trial in Beijing, she had temporary freedom and an opportunity to speak to journalists and lawyers. She asked them to tell the world, "If people say I'm free, tell them that I am not free."

Since June 2013, Liu Xia has been declining mentally and physically, unable to withstand the extreme isolation of her long-term house arrest. She is losing the ability to describe her situation.

The last clip of Liu Xia's life, a video published before her house arrest, was a record of her speech and reading presented at an event for the 50th anniversary of Writers in Prison Committee of PEN International during its Congress in Tokyo. On 29 September 2010, during the "Free Liu Xiao" event at Waseda University, the video clip was screened to over a thousand audience members. When the light was focused on Liu Xia's calm and pale face, her voice was low and slow before a quiet conference hall. Liu Xia's last words brought tears to people's eyes:

During Xiaobo's re-education through labour for three years from 8 October 1996 to 8 October 1999, I wrote him more than 300 letters and he wrote me 2-3 million words. After our home was raided several times, his writings generally disappeared.

This is our life.

Liu Xia's situation is extremely worrisome. Her adversity could easily be ignored when the international community has been concerned mainly with her imprisoned husband. Liu Xiaobo, who might be released in 2020, doesn't know the depth and details of the physical and mental turmoil of his wife. Because of her depression and poor appetite, she lost her will to live on. Her poor health makes people worry for her – can she hang on till 2020? We believe Liu Xia's life is at stake.

She needs the world to reach out to rescue her.

We strongly urge the Chinese government to stop restricting Liu Xia's freedom. She should have the freedom to call, fax, and email; to shop for herself; to visit her parents and friends; to receive proper medical treatment; to exchange letters with her husband; and to hold photographic exhibitions in China.

We are here to plead with the world: raise your voices for Liu Xia and demand that the Chinese government release her from house arrest.

Appendix

IV 附錄

裸奔現場紀實[1]

吳虹飛

2012年12月9號，給莫言拿諾貝爾獎的前一天，作家廖亦武，陪同藝術家孟煌去瑞典斯德哥爾摩，去追查一個多星期前，孟煌從柏林寄出的空椅子。我作為一名不合格的記者，純屬過去打醬油，看雪景。

這是個觀念作品，起源於2010年，關押於中國錦州監獄的政治犯劉曉波，被挪威授予諾貝爾和平獎。因為得主不能來，所以評審團就在台上擺了一把象徵性的空椅子。孟煌覺得不像話，幾杯悶酒下肚，正義感就上升，於是次日就在柏林的跳蚤市場，買了一把據說比共產黨的歷史還要長的椅子，萬里迢迢給獄中的劉曉波寄去，還寫了封情意綿綿的信，希望老劉可以舒服地歪在椅子上讀書。當然，大家都曉得白費力氣，別說進監獄了，就是進海關都成問題。

哪知孟煌愚蠢至極。今年莫言獲獎，他又燃起新希望。他盤算著莫言出身農民，言必稱「高密鄉」，如此樸實的作家，肯定能幫他帶椅子給老劉。他的酒友廖亦武，前政治犯，曾竭力勸阻，說像莫言這種體制內的扯謊大王，咋可能幫這種忙？孟煌卻說，雖然他的書我看不下去，可據說他參加過1989年天安門運動的請願團，人性不是太糟糕。恍眼二十三年過去了，歷史紛爭一時半會兒也在酒桌上理論不清楚，所以口齒本來就不清的廖亦武，就只得「你，你，你」了。

孟煌堅定不移地寄出第二把空椅子。從柏林到斯德哥爾摩，諾獎評審團收，並轉交莫言先生。孟煌依舊從網上追蹤，得到確切信息，就忽悠廖亦武陪他上路，還得自掏腰包。廖亦武哈哈笑，說搞

---

❶ 該文由某匿名作家協助撰寫。

錯沒有，我前幾天才寫了〈致諾貝爾文學獎評審委員會的公開信〉，頭版頭條刊登在瑞典最大的日報上，還用得著親自去嗎？孟煌陪著笑臉，連稱「用得著」，你是德國書業和平獎得主，相當於重型轟炸機，你不去我摸不著門。

天還麻麻黑，我們三人就出門，搭地鐵去東邊機場。抵攏之際，才曉得晚點。並且一晚就晚九個小時，我們三個起義的心都有了。當天色重新變成一團墨，我們又困又乏，感覺不行了。廖亦武說，莫言必定是妖怪，在雲的那端發功，讓飛機去不成。我說既如此，我們三個一起發功，頂回去如何？

在唸唸有詞中，我們果真登機，午夜入住斯德哥爾摩市中心某小旅館。孟煌和廖亦武又開始喝酒扯皮。廖亦武還是堅持莫言不會帶椅子，孟煌說你對人性又太絕望了，椅子又不是炸彈，況且莫言是作家，也許很樂意參加這種行為藝術呢？廖亦武說，我們打賭一百歐元，莫言不帶我贏，反之你贏。我作為旁觀者，別無選擇充當裁判。

次日上午，廖亦武和孟煌並排接受電視採訪，公開了這個賭博。廖亦武還衝著著名的瑞典美女主持人說，「你帶頭下注啊，萬一孟煌凍死在冰天雪地的異鄉，你可得答應收屍啊。」旁邊好幾個記者也說，根據莫言幾天來的言行，黨性已經壓倒了人性、獸性和文學性，不太可能幫你忙。孟煌有些急。於是我就逗他，你急就裸奔去嘛。廖亦武說，對對對，裸奔是個好主意，至少可以提醒大夥兒對空椅子和劉曉波的關注嘛。

還有對百年文學謊言的抗議，我義正詞嚴地補充，窗外雪景好美，孟煌脫光去跑兩圈兒吧。廖亦武說，不不，要脫也得去頒獎現場脫。孟煌底氣不太足，我和廖亦武就一唱一和，頭腦不太簡單的孟煌，階級覺悟轉眼就提高，還握拳入黨宣誓一般：臨陣脫逃或不脫，此生不再做人。

廖亦武的瑞典出版商，一個頭髮稀疏的高個子，滿口應承去偵查地形，並聯繫媒體。北歐的冬季，兩點多鐘天色黯淡下來。我們開始行動。諾獎儀式四點半開始，六點結束，七點正，各品種諾獎得主將一起去晚宴。而我們在四點半，趕到一燈火燦爛的購物中心，以來來往往的人流為背景，慫恿廖亦武開始一個人的空椅子演唱。

廖亦武雖然有江湖賣藝的經驗，可其時火燒眉毛，音竟然起高了，嗓子一劈，比殺豬還難受。我恨不得捣耳朵逃跑，孟煌卻稱贊他「有爆發力」，不愧是其好友。瑞典的電視台拍了下來，自由亞洲電台也拍攝了，廖亦武還朗讀他的朋友、三次判刑共二十四年的政治犯李必豐的詩：

但是冬季過早地來臨
我們的樹木開始乾枯
我們再也沒有養份去供奉
於是我們的黑髮被歲月的雪
凍得漸漸斑白
我們的皮膚像龜裂的田野
冬季來了
我們都愛冬眠
心臟累了
血液累了
我們在雪底下冬眠
在這樣的國家
我們只有冬眠

廖亦武還匆匆說「莫言褻瀆了文學，也褻瀆了人類精神之美，繼經濟末日和政治末日之後，文化的末日也要來了」之類的話。接著收拾行頭，我們一行，中外混雜共八人，魚貫狂奔著，趕到音樂廳外面的廣場。路已被封死，密密匝匝的警車和警察，方圓三十米還拉起了警戒繩。我們原來計劃，雇一出租車，開來開去，隨機而動，孟煌也可以在暖和的車裡脫光了，伺機而動。稍後證明是胡思亂想，因為瑞典人規矩，沒可能協助這種「犯罪」的嫌疑舉動。

在警戒繩的這端，記者們早已架好攝像機，長長短短有七、八台，瞄準黑洞洞的前方。我們的英文翻譯孫晟説，必須要卡在五點四十五分裸奔，要不就錯過了。孟煌鐵青著臉點頭。接着他和廖亦武去商場脫褲子。廖亦武不斷催促，孟煌三下五除二就扒光了，還出來招呼我去拍照。我雖然平時張牙舞爪，聲稱啥都見過，但直面真相時，就一眼沒看他的裸體，以示婦德。

這雪可真大啊，真浪漫，真美啊，大過了北京！

但 —— 沒時間欣賞雪景了！孟煌衝出戶外，跳過警戒繩，廖亦武緊隨其後。我們事先約定，在孟煌裸奔時，要有伴奏的。廖亦武說用拇指琴吧。我説拇指琴聲音太小，十多米外就隱隱約約了。可沒料到，廖亦武突然沒來由地吼叫起來，並且連續不絕，在茫茫黑天中，石破天驚。一圈兒攝影燈嘩啦全亮了，幾個警察衝過去攔截，孟煌白花花的身體，劃了一弧形，閃過了警察；而廖亦武憑著蠻勁，直接過去了。接着是第二波，大約有七、八個警察，眨眼就將孟煌和廖亦武按倒在雪地上。我情不自禁地衝過去，到了廣場中央，哈哈大笑。孟煌在廖亦武的吼叫中，屁股在後，雞巴在前，挑釁東方獨裁和西方終極權勢的合作頒獎，兩人被按翻在地，精神高貴，形體醜陋。我舉著相機，竟然忘了拍照，還是止不住笑。我想要是孟煌的屁股上紋著他夫人的名字就好了。

我也被警察抓住。架著往外拖，他大聲說：「Who are you ? Who are you !」我心下感動，那麼英俊的警察，居然問我我是誰？我在天朝都沒人在乎我是誰，警察約我喝茶他們也不買單，禁我演出也不給理由，關鍵是他們外貌都不行。到了這裡，我都恨不得多被警察抓幾次。我說我想和我的朋友一起進去同甘共苦。可他還是將我帶離現場。孟煌和廖亦武被送進了瑞典監獄。因為是瑞典國王在給莫言這個文學侏儒頒獎，所以戒備森嚴，所以他倆被關押了六個小時，直到將近午夜十二點才釋放。我去警察局撈人，警察是個美女，讓我回去等。我一人吃著簡餐，當時想，要是四十八小時不回來，我就坐飛機溜走，我反正也沒錢。想著屌絲[2]真是可憐。

他們到底是回來了，我非常興奮地說，歡迎大英雄！孟煌，你了不起啊，你是第一個在諾獎前裸奔的人啊！主要是斯德哥爾摩不流行在冬天裸奔，讓你拔了頭籌。你看，你很快就會成為斯德哥爾摩最有名的二個華人了，另一個是康有為，他在流放期間，在斯德哥爾摩買了一個島，還建了園林。

當地媒體竟然當晚就放了孟煌裸奔的視頻了。不過我沒看到，馬悅然後來寫信譏諷廖亦武，你可真是個大英雄。廖亦武笑咪咪回說，你不要執迷不悟了。由於我們現場直播，艾未未和王力雄在推特上，知道了孟煌裸奔，都笑抽了。王力雄一個大作家，一副惟恐天下不亂的樣子，事後諸葛，給孟煌又出了不少壞點子。艾未未對莫言獲獎的「獎狀」評論說，用來擦屁股比較合適。又在推特上評論說，莫言一旦說真話，比假話還難聽，還是讓他繼續說假話吧。

廖亦武問孟煌，感覺又回到中國了？孟煌說，是啊，空椅子沒下文，人卻被關了。不過西方挺文明，我一進去，人家就扔一內褲。我一穿，直接就到腋窩裡了。廖亦武說，你真誇張。孟煌說不誇張，權勢就是一個笑話。我說，下次我們去天安門裸奔，他立刻臉上變了色：天安門！還不會被機槍掃射成篩子啊！我們三人覺得，在諾獎大殿前裸奔，還是比較划算，至少不用送命或者勞教二年。

感謝國王！

作者介紹

吳虹飛，出生於廣西壯族自治區三江侗族自治縣八江鄉馬畔屯，詩人、歌手、記者。1993 年考入清華大學，後攻讀清華大學中文系現當代文學碩士班，曾是獨立樂隊「幸福大街」的主唱。

---

❷ 2012 年，中國興起的流行語，原指男性的陰毛，後引申為人生失敗者、愛情輸家或窮矮醜，多用來自嘲，緩解社會帶來的巨大壓力。

野蠻之詩：一場二十五年的裸奔

懷 昭

一

「奧斯威辛之後，寫詩是野蠻的。」[1]六四之後的血色黃昏中，讓詩繼續朦朧下去也是野蠻的。二十五年來，中國的詩歌只可能是在「我哭豺狼笑」[2]中演繹著存在。

因此我們看到，無論是作為詩人還是作為小說家的廖亦武，過去二十五年來他一直重複六四主題，繞進去出不來的那種，從形式到內容。

1993 年，當六四的國家囚徒廖亦武仍在獄中服刑的時候，加拿大作家戴邁河（Michael Day）寫了一篇長文〈廖亦武在〈死城〉中〉（1993），介紹和梳理廖亦武的詩歌探索之路。末尾他極有預見地說：

> 廖亦武在中國作為一名詩人的前景將是極其黯淡的。……除非天安門事件的「反革命暴亂」定論被徹底推翻，否則他絕不會再被中國官方文化部門認可了。當然，那些主要的和極其保守的文學詩歌雜誌也不會再刊發他的詩作。他將被置於嚴密的監視下，以防他再次捲入地下詩歌刊物中。

然而，仍有極個別頑強的人堅持著，同中共為愚民而灌輸的物質主義和政治上認可的文化（即那種無庸置疑的、粗俗淺陋的精神食品）進行抗爭……

---

❶ 出自阿多諾（Theodor Adorno,1903 － 1969）《稜鏡》（1955）一書，為二次大戰後德國社會學家阿多諾的名言。他是法蘭克福學派的一員，也是哲學家以及作曲家。

我相信，廖亦武在 1994 年 3 月 16 日重獲自由時，他的選擇必將屬於那一群不屈不撓的靈魂。

事實的確如此：後來的歲月裡，六四發生至今的二十五年來，廖亦武的寫作一直死死圍繞著同一個主題，他似乎不在乎他超越不了、不避諱整天寫些舊的東西，甚至他也沒心思為翻來覆去不斷寫出來的老調子起個有點新意的題目：〈六四悲歌〉

月夜穿過叢林，
想起我的愛人，
長眠在寂靜的黃土，
遠方傳來槍聲。
當年熱血沸騰，
肩挑祖國命運，
如今空空的雙拳，
歲月折斷了刀刃。
月夜穿過回憶，
想起我的愛人，
生者我流浪中老去，
死者你永遠年輕。[2]

（2007）

二十五年來，如此重複的寫作，一直以地下文學的形式出現。

我是在 2009 年，即廖亦武寫出這首〈六四悲歌〉的兩年後、六四二十周年的時候讀到它的。那個時候我不僅早就不是文青，而且對國內的地下文學也整個缺乏了解。我回北京探親，在周舵老師家做客時，他遞給了我一本剛印出不久的「非法出版物」。在目錄頁我看到了 1989 那年離開校園後再未謀面的一位校友的名字。

---

❷ 1976 年 4 月 5 日，清明節，北京市民自發舉辦悼念周恩來逝世活動（官方定性為「天安門廣場反革命事件」），當中有首流行一時的手抄詩，「欲悲聞鬼叫，我哭豺狼笑，灑淚祭雄傑，揚眉劍出鞘。」引詩即出自此。

這位校友原是北大著名文青，我還曾是他創辦的藍太陽文學社的成員。那時他專門寫些海明威式的硬漢小說。但他的文學探索顯然在六四後停止了，二十年後難得讀到他寫的東西——卻是一篇欲哭無淚痛徹骨髓的回憶文章，回憶的是六四那天死去的弟弟。

這篇回憶文章一上來便是援引那首〈六四悲歌〉，但沒有提作者廖亦武的名字，好像是斷定讀者應該知道出處，就像我文章一開始引用的那句「我哭豺狼笑」一樣，無人不曉。我只是過目難忘地記住了那句「生者我流浪中老去／死者你永遠年輕。」又過了幾年，直到我加入了獨立中文筆會，在網路社區聊天提起那篇文章中引用的那首詩，老廖才出面「認領」了自己的作品。

二

我是在 2010 年加入獨立中文筆會後，才比較「系統」地讀到了廖亦武 1990 － 2000 年代寫下的〈古拉格情歌〉等獄中詩，但大抵上都是在這樣一種場合：筆會的網路社區裡，當筆會詩人們吟詠「誦明月之詩，歌窈窕之章」的當口，老廖闖進來了，他送上的詩總是野蠻的。如〈雞姦〉[3]：

這是仿造生殖器構造的刑具
刮光陰毛，充足電把握在政府手中
……
我們的屁眼兒
被一屆屆政權搞過多少次？
五千多年啊，從靈魂上
這個螞蟻般繁殖的古老種族已經
沒有男人
……

❸ 以下三首詩，均引自廖亦武 1990 － 1994 年間在獄中創作的組詩〈古拉格情歌〉（《傾向》文學人文雜誌第 13 期，2000 年）。

天哪
說黑就黑的天哪
遮羞布呢？

又比如〈死刑犯討論死亡〉：

一個星夜就是一個槍眼密布的頭蓋骨
我們在腦髓裡討論死亡
在永恆的日光燈下
討論死亡……

〈犯人的祖國〉：

……我要消滅你的臉
讓一個練過鐵沙掌的搶劫犯
與你公平地對搧
百把個耳光
祖國啊，當你的臉腫得
什麼也不是的時候
你願意從具體的現在回到抽象的從前
讓人民以嫖客的方式愛你麼？

就這樣一首接一首地上，直到劉三姐鬥歌一樣，下里巴人把陽春白雪沖個片甲不留。

2013 年，老廖再次拋出了一首詩：〈與六四亡靈一起裸奔〉，時值他流亡德國兩年後，寫的是他夥同詩人貝嶺等另外三位流亡者跑到斯德哥爾摩的廣場上裸奔。而裸奔的緣起，便是《斯德哥爾摩裸奔記》的來歷。2012 年，中國作協副主席莫言獲諾貝爾文學獎，在斯德哥爾摩被媒體問到怎麼看仍在羈獄的「六四黑手」劉曉波，莫言的一句應酬話：「我希望劉曉波盡快的、健康的出獄。」激起藝術家孟煌的無限聯想。

劉曉波獲諾貝爾和平獎的2010年底，孟煌曾為身陷囹圄、缺席領獎的曉波製作了一件轟動一時的作品：空椅子。如今聽莫言領獎時這麼一說，「愚蠢的孟煌信以為真，想了一個辦法：『再做一把椅子，這次寄到瑞典文學院的諾貝爾獎評委，請文學院轉給莫言，然後再由莫言帶回中國轉交劉曉波。』」

正如歌手吳虹飛在〈裸奔現場紀實〉一文記敘的：「寄完椅子的孟煌並不踏實，心想萬一有誤呢？於是約上了老哥們兒作家廖亦武一同前往斯德哥爾摩。」

但二人到了斯德哥爾摩之後，送上去的空椅子被退回。孟煌很絕望：「面對諾貝爾評委這個傲慢的權勢，最後覺得要想繼續這個空椅子作品，就只能用裸奔這個行動藝術形式來告知這個勢利的世界。」

於是，2012年12月10號下午五點（莫言領取諾貝爾文學獎頒獎禮時刻），孟煌在廖亦武陪同下，跑到諾貝爾文學獎頒獎的斯德哥爾摩音樂廳前脫光衣服裸奔了一次。

那一次裸奔，廖亦武還只是孟煌的「三陪」（陪去、陪跑、陪被捕），並沒有脫。但當時文學圈圍繞著莫言獲得諾貝爾文學獎，而廖亦武就已經與諾貝爾文學獎評委、德高望重的漢學家馬悅然撕破了臉，展開了一場曠日持久的罵戰，罵罵咧咧一直持續到一年之後，2013年度的諾貝爾頒獎禮，廖亦武真的跑到斯德哥爾摩領銜裸奔，基本上是一路跑一路還在跟馬悅然繼續對罵。

三

我翻查到一些文字記錄，在跟中國人民眼中德高望重、九十高齡的漢學權威馬悅然的對罵中，文學出身的廖亦武在辯論的修辭上有失嚴謹，顯得過於誇張，因用力過猛而被馬老「借力使力」的交手中，一開始廖亦武就處於下風。

要知道，在偷渡出境之前，廖亦武雖然為了《大屠殺》、《安魂》等幾首六四詩歌而坐牢吃盡苦頭、雖然出獄後混跡底層寫小說繼續吃盡苦頭，但作為一個專制制度下的受迫害者，他面對獨裁的反抗者形象，使他不容置喙地處於政治道德的制高點上。相較之下，流亡出來後，被自由世界熱烈擁抱的廖亦武，他在與諾貝爾文學院對峙的時候，雖然仍是一枚雞蛋，卻不再具有那種道德上的先天優勢。

相反，在西方學術權威機構貌似天衣無縫的「程式正義」面前，廖亦武的質疑和挑戰很容易地就被視為「老土」、淪為笑柄——無論在他的敵人還是朋友的眼中。在廖亦武擔任榮譽理事的獨立中文筆會，他為此受到的嘲諷絕不比來自外面的少。

從六四事件的肉體與精神的雙重折磨中逃出來，廖亦武這回算是走到了天邊，再也不可能有其它去路，或再找其它可以講理的地方。面對諾貝爾文學院這一終極話語權威，他明顯沒有了像在中國面對迫害時那樣矜持的本錢。

在給馬悅然的公開信中，廖亦武雖然還懂得抬頭要尊稱馬悅然為「先生」，但一開口就沉不住氣地開罵了：

馬悅然先生：

你怎麼能夠像眾多中國官方文人那樣，在獨裁中國和民主西方之間，遊刃有餘呢？

你德高望重，可作為漢學家的底線呢？

以下是六四見證人廖亦武對你的公開質疑……

這好歹還算「罵人不吐髒字」，但這並沒維持多一會兒。三句話不離本行的詩人廖亦武接下來開始給馬悅然「獻」詩，就真的是罵人了，而且罵得很難聽：

人活臉，樹活皮，

燈泡放光要玻璃，

文學院發獎憑良知。
劉曉波在坐牢，
莫言在拿錢；
高智晟在坐牢，
莫言在拿錢；
師濤在坐牢，
莫言在拿錢；
譚作人在坐牢，
莫言在拿錢；
李必豐在坐牢，
莫言在拿錢。
野鴿子亞辛病死監獄裡，
艾未未坐牢又罰款，
莫言他媽的還說還說——
監獄沒有關作家，
言論審查像安檢。
中國就是個大牢房，
你們看不見？
要不要臉？要不要臉？
你們要不要臉？[4]

接著就發展到 2013 年在斯德哥爾摩的高調聚眾裸奔，寒冬臘月裡脫光了，高喊著獄中的曉波和軟禁中的劉霞的名字，「射了出去」[5]。

脫光了的廖亦武顯得很弱勢（vulnerable）：沒有人替他攝入鏡頭的私處打馬賽克處理一下，一張正面全裸的裸照就這樣被網站

❹ 據廖亦武說，這是六四流亡藝術家高源寫給流亡的盤古樂隊的歌詞。
❺ 廖亦武〈與六四亡靈一起裸奔〉。

們照直拿來使用。好詩不出門，裸照傳千里，網站只顧無動於衷地轉發，借此賺夠了點擊率，但對裸奔悲從何來，卻罕有附帶給予正視和嚴肅的討論。可以說，這場以「六四亡靈」為名的裸奔行動，沒有得到足夠的理解和尊重。

四

甚至裸奔的訴求本身也遭到懷疑：什麼「為六四亡靈裸奔」，是為你自己作秀吧？是因為得獎的是莫言不是你的酸葡萄心理吧？好哇，你就破罐破摔吧，但別帶上劉曉波和劉霞。人們對他的行為指指點點——不少舊識也認為廖亦武出國後「變了」：他放蕩不羈頂撞權威的作風到了西方，就格外顯出狂狷與墮落來。

赤裸裸的廖亦武被人赤裸裸地嘲笑。一言九鼎的馬悅然就揶揄廖亦武裸奔是「為自己（self-seeking）」，並把玩他的私處說：

廖亦武奔跑著，兩腿之間那話兒晃來晃去，他邊跑邊嚎叫著：「劉霞，我來了！」這一幕簡直感動死我了！一想到你們的裸奔會把中國當權者嚇個半死，你們肯定感到特安慰吧。[6]

想借裸奔而昭告天下的訴求沒有得到預期般的關注，反而眼球更多集中在了他的「私處」，就連認同他行為的人也難免感覺他的裸奔行為有些失敗。

但即便失敗是一種宿命——如馬悅然說的，裸奔無非是一場「風車大戰」——廖亦武的失敗也絕不是草率的。在訴諸裸奔之前，他並不是沒有窮盡所有可能的「上訪」管道。在他的〈致諾貝爾文學獎評審委員會的公開信〉一文中，他系統地梳理了新文化運動以降，中國文學與社會變革的關係。然後他針對性地分析了莫言的作品，他提醒說：

---

❻ 摘自馬悅然致另一位裸奔者、流亡詩人貝嶺的信。

各位尊敬的女士和先生，你們肯定知道「奧斯威辛之後，寫詩是野蠻的」，那麼對應當代中國，1989 天安門大屠殺之後，避開見證的寫作也是可恥的。況且莫言的所作所為，還不僅僅是「逃避見證」。

為了佐證他的觀點，廖亦武認真地寫了一篇毫無文學性可言的、更像學術論文充滿考證的文章，並老老實實為這篇文章附上了三篇附錄資料。

不知有多少人認真讀過，這將是一份見證諾貝爾文學獎歷史的「上訪材料」。有它的石沉大海，才有了後來的裸奔。「權勢就是一個笑話，終極權勢就是終極笑話」，廖亦武在給筆者的信中承認，「裸奔的確是下下策，在這兒也是唯一的下下策……赤裸、透明、公開，腦子一片空白，衝過去。」

如果你有心去傾聽那種「但凡有辦法我何必出此下策」的悲憤，那麼你其實並不需要自己也曾僅僅因為寫過幾首詩而入過獄、受過刑。在裸奔這件事上，馬悅然要多麼缺乏同理心，才會說出：

「我建議你準備好兩個熱水袋，表演完了好捂熱你的屁股。斯德哥爾摩的冬夜很冷哦。」[7]這樣冷嘲熱諷的話來。

五

廖亦武也不是天生硬漢。戴邁河在上文中提到，六四前，廖亦武跟他談話時還曾勸他不要亂講話，「說太率直會連累他和中國其他地下詩人。他還談到他對中共監獄的恐懼。他說寧死也不願去坐牢。」在戴邁河 1989 年 11 月和廖亦武的最後一次通信中，他「感覺到他（廖亦武）對被捕是極其地恐懼」，廖亦武自己也多次在寫作中提到，他「不懂政治」，直到六四時，他還「對政治不感興趣」。那麼讓我們來假設一下：如果沒有六四，今天的廖亦武會是什麼樣？「如果能找出答案，就一定能打通一條通向人的本性之路」，我與

---

❼ 摘自馬悅然給孟煌的信。

廖亦武的成都作家哥們汪建輝討論了這個話題，他這樣對我說：「有一個答案是肯定的：他一定不會是現在這個樣子。」汪建輝說，他曾經問過老廖這個假想性的問題。

「老廖說，六四前他們幾個詩人正準備拍文藝電影，就是六十年代在歐洲流行的藝術家拍的那種電影。後來因為六四事件，就直接改變了他們拍片的方向。」

「如果沒有六四，也許他們會搞出一個中國的『新浪潮電影』時代，就成為了中國的高達（Jean-Luc Godard）、柏格曼（Ernst Ingmar Bergman）了。也許就沒有張藝謀什麼事了——雖然歷史不能假設，但偶爾假設一下也滿有趣的。」

「坐牢使他有了自己的敵人。」

六

出獄後，還在祖國流浪時，廖亦武就曾寫信勸已經流亡海外的同行們，出去後不要去玩「純藝術」、「純文學」，因為「人們從中看不見真實的中國、真實的中國文化處境。」而他在出獄後也更明確了自己的定位：「一個作家，或哭、或笑、或冷眼旁觀，總是精神家園的守護者或毀滅過程的見證人。」[8]

德國作家湯瑪斯．曼（Thomas Mann）在逃離納粹德國、流亡美國後，曾說過跟阿多諾那句「奧斯威辛之後，寫詩是野蠻的」同樣著名的話：「我身在何處，何處就是德意志。」我因此聯想到如今流亡中的廖亦武，不知他在斯德哥爾摩的冬夜裸奔的時候，是否想到宿命，或者天道輪迴什麼的：

請問流亡者，你為什麼歸來？
情敵已老，看門狗目光呆滯
你疲憊的琴聲對誰傾訴？

❽ 廖亦武〈給《傾向》編者貝嶺、孟浪的信〉，2000 年。

是什麼東西使你充滿憐憫？

請問周遊世界的過客

是誰的爪子將你一點點掏空？

（〈醉鬼的流亡〉，2004 年）

寫這首詩後不久，廖亦武入獄坐牢。然後出獄：

事隔多年，我又把這些詩句送給了六四流亡者劉賓雁。他死於 2005 年，享年八十一歲。……還有王若水、王若望和戈揚等等，死於異鄉的年邁的六四流亡者們，會在天上見到幸運抑或不幸的孔子嗎？[9]

寫這篇文後不久，廖亦武也加入了流亡的大軍。再然後，身在柏林的他寫道：

比牆高的是山

比山更高的還是山

你在夢中越獄

翻過牆、翻過山、翻過雲……[10]

「他們迫害不停，我們裸奔不休」，這便是「廖亦武們」二十五年來共同走過的心路，也是這場始自 1989 年從天安門廣場起步的裸奔的由來。一場為反抗明確的敵人而發起的裸奔，一場彰顯「無權力者的權力」的裸奔，二十五年後，裸奔者仍然奔跑在重回天安門的路上。

作者介紹

懷昭，作家、譯者、編輯，曾獲梁實秋文學獎翻譯獎。

❾ 引自廖亦武〈中國人的生存之術〉，《中國人權雙周刊》，2011 年。

❿ 引自廖亦武〈老和尚在監獄冥想和平〉，《自由寫作》網刊，2013 年。

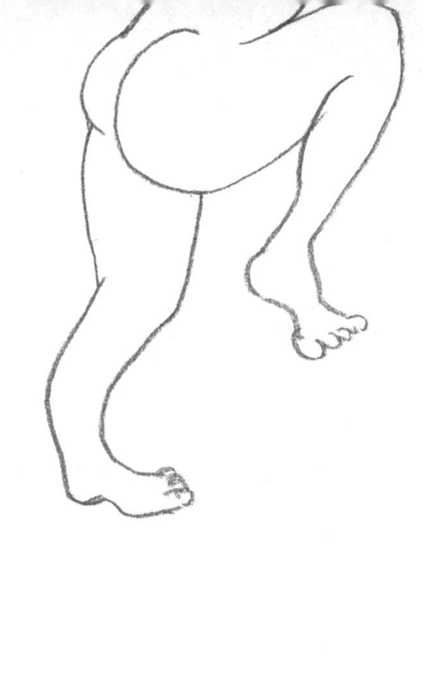